COLLECTION FOLIO

Karen Blixen

L'éternelle histoire

*Traduit du danois
par Marthe Metzger*

Gallimard

Cette nouvelle est extraite du recueil
Le dîner de Babette (Folio n° 2007).

© *Gyldendalske Boghandel Nordisk Forlag
Copenhagen-Danemark, 1958.*
© *Éditions Gallimard, 1961, pour la traduction française.*

Descendante d'une famille patricienne du Danemark, la baronne Karen Blixen est née en 1885 près de Copenhague. Après une jeunesse cosmopolite, elle épouse en 1914 le baron von Blixen-Finecke et part pour le Kenya afin d'y diriger avec son mari la plantation de café qui lui inspirera son œuvre célèbre, *La ferme africaine* dont est tiré le film de Sidney Pollack *Out of Africa* avec Meryl Streep et Robert Redford. L'émouvant *Ombres sur la prairie* est également un recueil de souvenirs du Kenya. Elle y demeure, dix ans après son divorce, jusqu'en 1931.

Elle se retire ensuite dans la demeure familiale de Rungstedlund, où elle se consacre à son œuvre jusqu'à sa mort en 1962. En 1940, elle publie *Les voies de la vengeance*, un pastiche de roman noir. Elle se révèle un maître du fantastique contemporain dans ses recueils de nouvelles : *Sept contes gothiques* en 1934 qui parodie avec élégance et ironie l'atmosphère baroque et mystérieuse des romans gothiques du XIXe siècle, *Contes d'hiver* en 1942, *Le diner de Babette* en 1958, dont est tirée *L'éternelle histoire*, et *Contes posthumes* en 1975.

Écrivain au style aristocratique et raffiné, Karen

Blixen laisse une œuvre délibérément en marge de son époque, mais pleine de charme et d'esprit.

Découvrez, lisez ou relisez les livres de Karen Blixen :

CONTES D'HIVER (Folio n° 1411)

NOUVEAUX CONTES D'HIVER (Folio n° 1821)

LE DÎNER DE BABETTE (Folio n° 2007)

LES CHEVAUX FANTÔMES ET AUTRES CONTES (Folio n° 2907)

LES VOIES DE LA VENGEANCE (Folio n° 2219)

LA FERME AFRICAINE (Folio n° 1037)

OMBRES SUR LA PRAIRIE (Folio n° 2727)

LETTRES D'AFRIQUE (Folio n° 2395)

I. MR CLAY

Un marchand de thé, immensément riche, vivait à Canton, dans les années 60 du siècle dernier. Il s'appelait Mr McClay. C'était un vieux bonhomme, grand et sec. On disait de lui qu'il avait une main de fer et qu'il était avare. Nul ne le recherchait. Ses regards, sa voix, ses manières, lui avaient valu sa réputation plus que tout ce qu'on savait de lui et qu'on aurait pu lui reprocher. Cependant, on répétait sur son compte deux ou trois anecdotes, qui accréditaient l'opinion générale.

Voici l'une de ces anecdotes.

Quinze ans plus tôt, un négociant français avait été pendant un temps l'associé de Mr Clay, mais, après une querelle, il n'avait plus travaillé que pour son propre compte et, par suite de spéculations malheureuses, il perdit sa fortune. En dernier recours, il essaya d'obtenir un chargement de thé à bord du *Thermopyles*, un voilier prêt à quitter le port. Mais le Français devait trois cents guinées à Mr Clay et le créancier se saisit du thé. Il embarqua sa propre cargaison de thé sur le *Thermopyles* et acheva, par là, la ruine de son rival. Le Français perdit tout : on vendit sa maison et il fut jeté à la rue avec sa famille.

Quand il ne vit plus aucune issue à ses malheurs, il se suicida. Or, ce négociant français avait été un homme de talent, voire de génie. Il avait une charmante épouse, et plusieurs enfants. Aux yeux de ses anciens amis, il formait un contraste absolu avec le personnage rigide qu'était Mr Clay, et son souvenir se para d'une sorte d'auréole aux rayons doux et gais. Une collecte s'organisa en faveur de la veuve ; mais à cause de la rivalité entre les communautés anglaise et française de Canton, le résultat en fut médiocre. Au bout de peu de temps, le cercle des amis et connaissances du Français perdit de vue sa veuve et ses enfants.

Mr Clay vint occuper la maison.

C'était une belle demeure, avec un grand jardin. Sur les pelouses se pavanaient des paons. Le marchand de thé y vivait toujours à l'époque où commence cette histoire.

Celle de M. Dupont prit peu à peu forme de mythe.

On racontait que, le jour de sa mort, il avait réuni sa jolie et aimable femme et ses ravissants enfants. Il leur déclara que le début de leurs épreuves datait du jour où il avait vu Mr Clay pour la première fois et il leur fit jurer, par un serment solennel, de ne plus jamais revoir cet homme, en aucun lieu et en aucune circonstance. Il ajouta qu'au moment où il avait été sur le point de quitter la maison dont il avait été si fier, il avait brûlé ou détruit tous les objets d'art. Il prétendait que les choses ayant contribué à l'embellissement de sa demeure ne consentiraient pas à vivre avec le nouveau maître. Mais il avait laissé dans toutes les pièces les grandes glaces apportées de France. Jusqu'à présent, elles n'avaient réfléchi que des scènes de bonheur et d'affection, mais, dorénavant, ce serait la punition de son assassin de trouver partout le portrait du gibier de potence qu'il était.

Mr Clay s'installa dans la maison. Ses repas se passaient dans la solitude, en face de sa propre image. Il est fort douteux qu'il eût conscience de l'hostilité des objets qui l'entouraient, car la pensée d'inspirer de la sympathie ne l'avait jamais effleuré.

S'il eût été entièrement libre de décider de l'aspect et du caractère de son cadre de vie, il ne l'aurait pas désiré autre qu'il n'était. Rien de plus naturel alors que de croire sa demeure exactement telle qu'il la voulait. Dans sa longue carrière de nabab, Mr Clay avait acquis une foi entière en son omnipotence.

D'autres gros négociants de Canton avaient la même confiance en eux-mêmes et, comme Mr Clay, ils la conservaient en ignorant délibérément la partie du monde qui échappait à leur pouvoir.

Mr Clay tomba malade de la goutte à l'âge de soixante-dix ans, et il resta longtemps presque paralysé. Il souffrait au point de ne plus dormir la nuit, et les nuits lui paraissaient désespérément longues.

Un beau soir, un de ses jeunes employés vint chez lui à une heure déjà avancée, portant une pile de relevés de comptes qu'il venait de vérifier. L'entendant parler à ses domestiques, Mr Clay envoya chercher le jeune homme et examina les livres de comptes avec lui. Quand vint le matin, le malade trouva que cette nuit-là s'était écoulée moins lentement que les autres. Le soir, il fit appeler de nouveau son employé pour qu'il lui relise ses livres d'un bout à l'autre. Et, à partir de ce moment-là, il fut de règle pour le jeune homme de se présenter à neuf heures du soir à la porte de l'immense et somptueuse chambre à coucher de Mr Clay. Il venait s'asseoir à côté du lit de son patron et, à la lumière d'une bougie, lui faisait la lecture des factures, des contrats, des devis, qui concernaient les affaires de Mr Clay. Sa voix était claire et sonore, mais, vers le matin, il s'enrouait quelque peu, ce qui agaçait Mr Clay.

Dans sa jeunesse, celui-ci avait eu l'oreille fine, mais il devenait sourd à présent, et il dit à son employé que, puisqu'il le payait pour faire son travail, il le renverrait et prendrait un autre secrétaire si ce travail était mal fait.

Lorsque le patron et l'employé eurent terminé la vérification des livres en cours, le vieillard soupira et détourna la tête d'un air chagrin. Mais le jeune homme, après avoir réfléchi, alla ouvrir les coffres-forts et en tira des livres de comptes vieux de cinq, dix, quinze ans. Après quoi, il fit, mot pour mot, la lecture de leur contenu à Mr Clay, qui l'écoutait avec attention pendant toutes les heures de la nuit.

Cette lecture lui rappelait ses projets, ses triomphes du passé. Cependant, les nuits étaient longues et, avec le temps, le lecteur se trouva à court d'aliment. Les vieux livres, eux-mêmes, s'épuisaient et il dut relire les textes déjà lus.

Un matin, alors qu'il avait, pour la troisième fois, passé en revue des comptes datant de vingt ans et qu'il se disposait à aller se coucher lui-même, Mr Clay le retint. Une idée semblait le préoccuper.

Les cheminements de la pensée de son patron éveillaient toujours une vive curiosité chez l'employé, et il s'attarda un peu pour permettre à Mr Clay de trouver comment formuler ses désirs.

Au bout d'un moment, Mr Clay demanda d'un ton réticent où transparaissaient la gêne et l'hésitation, si le jeune homme ne connaissait pas d'autres livres. L'employé répondit que non. Il n'en connaissait pas d'autres, mais il en trouverait, pourvu que Mr Clay lui dise quel genre de livres il désirait.

De la même voix hésitante, Mr Clay dit qu'il songeait à des ouvrages qui se rapportaient non pas à des affaires ou à des transactions commerciales, mais à des choses d'un ordre différent, des choses que certaines gens avaient écrites et que d'autres gens avaient lues.

L'employé réfléchit à la question et répéta qu'il n'avait pas entendu parler de ce genre de livres. La conversation en resta là et le jeune homme reprit congé de Mr Clay.

En route, cependant, il ne cessa de penser à ce que lui avait demandé son patron. La requête du vieillard semblait exprimer, presque à son insu, un désir profond, qui se manifestait avec une sorte de timidité, voire de honte.

Si la honte n'eût pas été un sentiment inconnu à la nature du jeune employé, il aurait laissé son vieil employeur à ses hésitations et aurait effacé de sa mémoire cet unique manque de dignité de Mr Clay, il n'aurait plus cherché à le satisfaire et aurait tiré son épingle du jeu, sauvegardant sa propre dignité. Mais, comme il ignorait tout de ce genre de sentiments, il se livra à diverses sortes de suppositions.

Cette demande était un symptôme de faiblesse, peut-être même un présage de mort. Quelles seraient pour lui-même les conséquences de cet état de choses ?

II. ELISHAMA

Dans les bureaux de Mr Clay, on connaissait le jeune employé qui lui avait fait la lecture sous le nom d'Ellis Lewis, mais ce n'était pas son véritable nom. Il s'appelait en réalité Elishama Levinsky, et s'il se donnait pour un autre, ce n'était pas, comme faisaient certaines gens ayant émigré en Chine à cette époque, pour dissimuler quelque attentat ou quelque crime personnel. Il cherchait à oublier un tort qu'on lui avait fait, et les lourdes épreuves de son passé. Elishama était un Juif, né en Pologne. Toute sa famille avait été tuée au cours du terrible pogrom de 1845. D'après ses souvenirs, il devait être alors âgé de six ans. D'autres Juifs polonais ayant échappé à la persécution, l'avaient emmené dans leurs tristes et misérables bagages. Depuis ce temps-là, pareil à quelque marchandise de peu de valeur, il avait été ballotté de-ci de-là, oublié par les uns, repris par les autres. Enfant solitaire et perdu, entièrement livré aux caprices du hasard, il avait connu, à Francfort, Amsterdam, Londres et Lisbonne, des souffrances impossibles à raconter et qu'il se rappelait même assez mal. Tous ces souvenirs imprécis gisaient au fond de sa mémoire, tels des poissons des grands fonds qui n'apparaissaient jamais à la pleine lumière.

À Londres, la chance avait voulu qu'il rencontrât un comptable italien plein de ressources. Ce bonhomme lui enseigna la lecture et l'écriture et, avant de mourir, lui en apprit même davantage. En une année, Elishama en savait plus sur la tenue des livres et la comptabilité en partie double, que la plupart des gens en dix ans d'études.

Plus tard, le jeune garçon fut embarqué pour l'Extrême-Orient où il échoua dans les bureaux de Mr Clay, à Canton. Il était devant son pupitre pareil à un instrument aiguisé par la meule de la vie et dont le tranchant atteint son maximum d'efficacité. Sa vue et son ouïe valaient celles du lynx et il n'avait plus la moindre illusion concernant le monde et l'humanité. Armé de la sorte pour la lutte, Elishama aurait pu faire une brillante carrière et devenir un personnage très dangereux pour ceux qui croisaient sa route. Mais il n'en fut rien et la raison de cet état de choses, vraiment illogique, n'était autre que l'absence totale d'ambition chez le jeune homme. Tout désir, sous quelque forme qu'il pût naître, avait été comme emporté par les flots ou consumé par les flammes chez l'enfant, avant même qu'il eût appris à lire.

À le voir, Elishama était un agréable jeune homme, tout ordinaire, plutôt petit, mince, les cheveux très noirs, les yeux bruns un peu voilés. Il aurait passé facilement pour un autochtone de n'importe quel pays. Mentalement, il n'avait rien d'un homme jeune : il ressemblait plutôt à un enfant trop précoce ou à un vieillard. Nulle trace de douceur, de plénitude dans son caractère ; nulle aspiration à l'amour, aucun goût pour l'aventure, nul souci d'entrer en compétition avec autrui. Elishama ne connaissait pas non plus la peur et le combat ne l'attirait pas. Par son air sérieux et par sa manière d'être, il était comparable à un insecte, à une fourmi par exemple, difficile à écraser, même à coups de talon.

Il avait cependant une passion, si l'on peut qualifier de passion le besoin fanatique de sécurité et de solitude. Ce besoin s'apparentait au mal du pays, ou à l'instinct du pigeon, qui le pousse à revenir vers son nid. Tout ce qu'au plus intime de son être il exigeait de la vie était de rentrer chez lui et de s'y enfermer, certain que personne ne le suivrait ou ne viendrait le déranger.

Le refuge qu'il retrouvait, et dont il refermait la porte sur lui, était une petite pièce obscure dans une rue étroite. Il y couchait sur un vieux canapé prêté par sa logeuse. Mais cette pièce contenait les rares objets qui appartenaient réellement à Elishama : une table en bois peint couverte de taches d'encre, deux chaises et une armoire. Ces objets avaient une grande importance aux yeux de leur propriétaire. Il lui arrivait d'allumer une petite bougie en pleine nuit pour le seul plaisir de contempler ce qui constituait une sorte de garantie contre les risques et les dangers de ce monde.

Parfois aussi, Elishama se réconfortait en se représentant mentalement des séries de nombres : dix, vingt, sept mille. Pas un ne manquait, Elishama pouvait s'endormir tranquille.

Lui, qui méprisait les biens de ce monde, passait ses jours, du matin au soir, au milieu de gens avares et cupides. Il n'avait fait que cela toute sa vie, et il n'y voyait rien que de naturel. Il saisissait jusque dans leurs moindres nuances les sentiments de ses semblables et les approuvait car, quels que fussent ces sentiments, Elishama finissait toujours par revenir dans son refuge à la porte bien close. Et si les efforts désespérés de ce monde pour obtenir l'or et la puissance devaient jamais cesser, cette chambrette et cette porte subsisteraient-elles ? Elishama n'en était pas certain.

Ses dons et son intelligence lui servaient donc à attiser la flamme des cupidités et des ambitions des autres et, en particulier, il encourageait l'ambition et la cupidité de Mr Clay, et il en observait les manifestations d'un œil attentif.

Entre Mr Clay et son jeune employé, avant même leurs séances nocturnes de lecture, il s'était établi une sorte d'entente, chose exceptionnelle étant donné le caractère de chacun d'eux. Cette entente avait débuté un jour qu'Elishama avait attiré l'attention de Mr Clay sur le fait qu'il était volé par les gens chargés par lui d'acheter des chevaux. Un ancêtre lointain d'Elishama avait vendu des chevaux à des princes et des magnats polonais, et le jeune comptable de Canton conservait dans le sang le vieil instinct juif du maquignon. Pour rien au monde, il n'aurait voulu posséder lui-même un cheval, mais il stimulait la vanité de Mr Clay concernant ses attelages, vanité dont dépendait peut-être en fin de compte sa propre sécurité.

De son côté, Mr Clay, frappé par le jugement avisé du jeune homme, lui avait confié la superintendance de ses écuries, et jamais ce choix ne l'avait désappointé.

Le patron et l'employé n'avaient plus eu d'autres rapports directs, mais Mr Clay n'ignorait plus l'existence d'Elishama, de même qu'Elishama n'ignorait pas depuis longtemps celle de Mr Clay. Leurs relations avaient un caractère d'une nature spéciale. On aurait pu remarquer qu'ils ne parlaient jamais l'un de l'autre à qui que ce soit; et, de ce fait, ils rompaient tous deux avec leurs habitudes. Car Mr Clay ne cessait de se plaindre de ses jeunes employés à ses chefs du personnel, tandis qu'Elishama possédait une langue acérée. Ses remarques concernant les gros et les petits négociants de Canton étaient devenues proverbiales dans les entrepôts et les bureaux de la ville. C'est ainsi que Mr Clay et son employé avaient l'air de faire face ensemble au reste du monde, et ils se comportaient, en effet, exactement comme l'auraient fait un père et un fils.

Ce jour-là, Elishama, de retour dans sa chambre, se disait à part lui, en pensant à Mr Clay, que son patron était un plus grand imbécile qu'il ne l'avait cru au premier abord. Un peu après, il alla se faire une tasse de thé, luxe qu'il se permettait en rentrant des séances de lectures nocturnes, et tout en absorbant la boisson chaude, il laissait errer ses pensées de côté et d'autre.

Que désirait, en somme, Mr Clay? Il était bien possible que les livres qu'il évoquait existassent réellement. Elishama était habitué à satisfaire les désirs de son employeur : si ces livres existaient, il fallait les trouver et il les trouverait, même s'ils devaient être fort rares.

Le jeune homme resta longtemps appuyé sur sa main. Enfin, il se leva pour ouvrir l'armoire placée dans un coin de la pièce, et il en tira une petite boîte peinte en rouge, qui, à son arrivée à Canton, renfermait tout ce qu'il possédait au monde.

Il en examina minutieusement le contenu, et finit par découvrir, dans un petit sachet de soie, une feuille de papier jauni bien pliée. À la lueur de la chandelle, Elishama lut ce qui était écrit sur cette feuille.

III. LA PROPHÉTIE D'ESAÏE

Parmi les Juifs qui, en fuyant la Pologne, avaient emmené Elishama avec eux, se trouvait un vieillard très âgé, qui mourut en route. Avant de mourir, ce vieillard avait donné à Elishama le papier dans son enveloppe de soie. Elishama noua le petit sachet à son cou et s'il réussit à le conserver pendant plusieurs années, ce fut surtout parce que l'enfant se déshabillait rarement.

À ce moment-là, il ne savait pas lire, et il ignorait ce qui était écrit sur le papier. Mais quand, à Londres, il eut appris à lire, et qu'il s'aperçut qu'on attachait de la valeur aux choses écrites, il sortit son papier du sachet, et vit qu'il était transcrit en lettres différentes de celles qu'on lui enseignait. Son maître l'envoyait de temps à autre faire une commission dans la petite boutique, obscure et sale, d'un prêteur à gages, qui était un ecclésiastique défroqué. Elishama apporta le papier à cet homme, et lui demanda s'il avait une signification quelconque. L'autre répondit qu'il était rédigé en hébreu, et Elishama le pria de le lui traduire pour la somme de trois pence. Le prêteur à gages relut attentivement ce qui était écrit et, en reconnaissant les termes, en vérifia le contexte biblique. Il le copia en anglais, et accepta gravement les trois pence.

Le jeune garçon conserva ensuite à la fois l'original et la traduction.

Ce fut dans l'espoir de venir en aide à Mr Clay qu'Elishama sortit le sachet de sa boîte ce soir-là. Il n'aurait pas agi de même en d'autres circonstances, car cet objet évoquait pour lui des souvenirs de ténèbres et d'horreurs et celui, presque effacé, d'un ami. Or, Elishama n'avait pas plus envie que Mr Clay d'avoir des amis : les amis, pour le jeune homme, étaient des gens qui souffraient et mouraient. Le mot « ami » était synonyme de séparation et de perte.

À quelque temps de là, la séance de lecture venait de se terminer ; Mr Clay, tout grognon, se préparait à renvoyer son lecteur, quand celui-ci tira de sa poche une feuille de papier sale, et dit :

— Mr Clay, voici quelque chose que je vais vous lire.

Un regard étonné des yeux pâles du vieillard répondit seul à cette phrase. Puis Elishama commença :

> *Que se réjouissent désert et terre aride,*
> *Qu'exulte et fleurisse la steppe,*
> *Qu'elle porte fleurs comme jonquilles*
> *Qu'elle exulte et crie de joie !*
> *La gloire du Liban lui est donnée !*

(*Esaïe*, XXXIV, v. 12 ; XXXV, v. 1 et 2.)

— Hein ! Que veut dire cela ? fit Mr Clay d'un ton acerbe.

Elishama déposa son papier et répondit :
— Ceci, Mr Clay, est ce que vous réclamiez. C'est quelque chose qui n'a rien à voir avec les livres de comptes, et que des hommes d'autrefois ont composé et transcrit.

Il continua :

> *La splendeur du Carmel et du Saron*
> *On verra la gloire de Jahvé*
> *La splendeur de notre Dieu !*
> *Rendez fortes les mains fatiguées*
> *Et fermes les genoux chancelants !*
> *Dites aux...*

— Mais voyons ! s'écria Mr Clay, d'où avez-vous tiré ces paroles ?

Elishama éleva la main pour lui imposer silence, et il lut à haute voix :

Dites aux cœurs bouleversés :
« Courage ! Ne craignez pas !
Voyez ! C'est votre Dieu,
C'est la vengeance qui vient ;
C'est la rétribution de Dieu,
C'est lui qui vient vous sauver. »

Alors les yeux des aveugles se dessilleront,
Les oreilles des sourds s'ouvriront ;
Alors le boiteux bondira comme un cerf
Et la langue du muet criera de joie

Car de l'eau jaillira dans le désert,
Des torrents dans la steppe ;
La terre brûlée deviendra un étang
Et le pays de la soif se changera en sources.
Les repaires, où gîtaient les chacals,
Deviendront des fourrés de roseaux et de papyrus.

Quand Elishama en fut arrivé là, il déposa sa feuille de papier et regarda droit devant lui. La respiration de Mr Clay était oppressée ; il répéta :

— Mais qu'était-ce donc que tout cela ?

— Je vous l'ai dit, Mr Clay, et vous l'avez

entendu : quelqu'un a composé ces phrases, et les a mises par écrit.

— Ce qu'il a dit là est-il arrivé ?

— Non ! fit Elishama d'un accent profondément méprisant.

Il y eut un silence.

— L'a-t-il dit de nos jours ? reprit Mr Clay.

Même réponse. Même accent. Au bout d'un moment, Mr Clay posa une nouvelle question :

— Qui donc est l'homme qui a écrit cela ?

— Le prophète Esaïe.

— Quoi ? Que dites-vous ? Le prophète Esaïe ? Expliquez-moi ce que c'est qu'un prophète.

— C'est quelqu'un qui a prédit des choses.

— Alors, ces choses devraient se réaliser ?

Elishama, qui ne se souciait pas de désavouer le prophète Esaïe, répondit :

— Oui, mais pas à présent.

— Relisez-moi le passage sur le boiteux.

Elishama lut : « Le boiteux bondira comme un cerf. »

Encore un silence, après quoi Mr Clay dit encore du même ton de commandement :

— Relisez ce qui est écrit sur les genoux chancelants.

Elishama lut : « Rendez fermes les genoux chancelants. »

— Et le passage sur les sourds ?

— « Alors les oreilles des sourds s'ouvriront. »

Cette fois, le silence fut très long.

— Quelqu'un fait-il ce qu'il faut pour que ces choses arrivent ? dit enfin Mr Clay.

— Non ! dit Elishama, et sa voix trahissait encore un plus grand mépris. Quand Mr Clay reprit l'entretien, Elishama remarqua, à son accent, qu'il était complètement réveillé.

— Relisez-moi tout ! ordonna le vieillard.

Elishama obéit. Après les derniers mots, Mr Clay demanda :

— À quel moment vivait-il donc exactement ce prophète ?

— Je ne sais pas, Mr Clay, mais je crois qu'il y a environ mille ans.

À ce moment-là, Mr Clay souffrait beaucoup de ses genoux, et ses infirmités lui pesaient douloureusement.

— C'est stupide, déclara-t-il, de raconter des choses qui n'arriveront que dans mille ans. Et il ajouta : On devrait plutôt rappeler celles qui se sont déjà passées.

— Voulez-vous, dit Elishama, que je reprenne les livres de comptes ?

Mr Clay resta longtemps sans répondre. Quand il reprit la parole, ce fut pour dire :

— Non, non ! On peut rappeler des choses qui sont vraiment arrivées sans chercher dans les livres de comptes. Je sais le nom de ces rappels ; on les qualifie d'histoires. J'ai moi-même entendu raconter une histoire. Ne me dérangez pas... Je vais essayer de la retrouver dans ma mémoire.

Il tarda un bon moment avant de poursuivre en ces termes :

— Quand j'avais vingt ans, j'ai fait voile d'Angleterre en Chine et j'ai entendu raconter cette histoire au cours de la nuit, avant que nous ayons doublé le cap de Bonne-Espérance. Maintenant, je me souviens parfaitement de tout.

« C'était une nuit chaude ; la mer était calme et la pleine lune brillait au ciel. J'étais resté assez longtemps seul au gaillard d'arrière, quand trois marins vinrent s'asseoir sur le pont. Ils étaient assez près de moi pour me permettre d'entendre tout ce qu'ils disaient ; mais eux ne me voyaient pas. L'un des marins raconta l'histoire aux autres ; il parlait de choses qui lui étaient arrivées à lui-même. J'ai entendu ce récit d'un bout à l'autre, et je vais vous le répéter. »

IV. L'HISTOIRE

Mr Clay commença ainsi :

« Un jour, le marin aborda au port d'une grande ville dont le nom m'échappe, mais peu importe. Il traversait une rue proche du port quand un bel équipage se dirigea vers lui et s'arrêta. Un vieux monsieur en descendit et dit au matelot : "Vous êtes un matelot de belle prestance ; vous plairait-il de gagner cinq guinées ?" »

L'obscurité seule permit à Mr Clay de continuer son récit, car il n'avait en aucune façon l'habitude de parler. Il fit un grand effort pour répéter : « Vous plairait-il de gagner cinq guinées ? »

Elishama profita du trouble du vieillard pour réintégrer la prophétie d'Esaïe dans son petit sac, et mettre le sac dans sa poche. Puis Mr Clay parla de nouveau :

« Le marin répondit : Oui, naturellement. »

« Le riche inconnu l'invita alors à l'accompagner chez lui, et l'emmena jusqu'à une somptueuse demeure située aux abords immédiats de la ville. Le marin ne s'était pas douté qu'il pût exister tant de splendeur, car la maison était aussi belle et aussi riche à l'intérieur qu'à l'extérieur. Comment, d'ailleurs, un jeune garçon comme ce matelot aurait-il jamais pénétré dans la demeure d'un des puissants de ce monde ? Son hôte lui fit servir un excellent repas, et des vins de prix. Le matelot décrivit tout ce qu'il avait mangé et bu, mais j'ai oublié les noms des mets et des vins.

« Le repas fini, le maître de maison dit au marin : "Je suis, vous le voyez, un homme très fortuné ; l'homme le plus fortuné de cette ville. Mais je suis vieux ; il ne me reste plus beaucoup d'années à vivre. Or, je déteste tous ceux qui hériteront de ce que j'ai amassé pendant ma vie et je n'ai aucune confiance en eux. Il y a trois ans, j'ai pris une jeune épouse, mais malheureusement pour moi, notre union est restée sans enfants." »

Ici, Mr Clay fit une pause pour rassembler ses souvenirs.

— Si vous me le permettez, intervint Elishama, je vous raconterai cette histoire moi-même.

— Comment ? s'écria Mr Clay, furieux de l'interruption.

— Je vous raconterai la fin de l'histoire avec votre permission, Mr Clay.

Mr Clay, interdit, ne trouva rien à objecter, et Elishama continua le récit :

« Le vieux monsieur conduisit le marin dans une chambre à coucher éclairée par des chandelles fixées dans des chandeliers d'or pur. Il y en avait cinq d'un côté et cinq de l'autre, n'est-il pas vrai, Mr Clay ? Les murs étaient ornés de sculptures et de palmiers. Un lit se trouvait dans un angle de la pièce ; une jeune femme était couchée dans ce lit qu'entouraient des chaînes d'or. Le vieillard dit à la jeune femme : "Vous savez ce que je désire ; maintenant, faites de votre mieux pour me satisfaire." »

« Il tira ensuite une pièce d'or de sa bourse, une pièce de cinq guinées, Mr Clay, et la tendit au marin, puis il sortit de la chambre.

« Le jeune marin resta toute la nuit avec la dame, mais, quand le jour parut, un vieux serviteur lui ouvrit la porte de la maison et il s'en alla rejoindre son bateau.

« C'est bien cela, n'est-ce pas, Mr Clay ? »

Mr Clay resta presque une minute bouche bée ; enfin il demanda :

— Par quel hasard connaissiez-vous cette histoire ? Auriez-vous rencontré, vous aussi, le matelot qui se trouvait sur mon bateau près du cap de Bonne-Espérance ? Ce doit être un vieillard maintenant, car son aventure date de longues années.

— Cette histoire, qui, selon vous, est arrivée au marin de votre bateau, n'est jamais arrivée à personne, Mr Clay. Tous les navigateurs la connaissent, tous les navigateurs souhaitent qu'elle soit leur propre histoire, et la racontent comme telle. Mais il n'en est rien. Ceux qui écoutent le récit, ils veulent qu'il leur soit fait de la manière qui leur plaît, et pas autrement. Peut-être le conteur peut-il se permettre de légères variantes, et quelques enjolivements de son cru, par exemple en décrivant la dame, et en donnant des détails sur la nuit d'amour. Mais par ailleurs l'histoire reste toujours la même.

Après ces déclarations d'Elishama, le vieillard se tut, mais il ne tarda pas à grommeler, d'une voix enrouée par la colère et le désappointement.

— Comment le savez-vous ?

— Vous allez l'apprendre, Mr Clay. Vous n'avez fait qu'une seule traversée pour vous rendre en Chine ; vous n'avez donc pu entendre cette histoire qu'une seule fois. Mais moi, j'ai navigué sur plusieurs bateaux. J'ai été d'abord de Gravesend à Lisbonne, et, en route, j'ai appris par un marin l'histoire que vous m'avez racontée. J'étais très jeune alors, de sorte que j'ai bien failli la croire vraie, mais pas tout à fait cependant. De Lisbonne, je suis allé au cap de Bonne-Espérance : un matelot du bateau raconta l'histoire, lui aussi. Un autre marin me l'a redite lorsque je voguais vers Singapour. C'est l'histoire de tous les marins du monde entier ; jusqu'aux phrases, et aux mots, qui restent les mêmes. Mais tous les marins sont enchantés de l'entendre raconter une fois de plus.

— Pourquoi la racontent-ils puisqu'elle n'est pas vraie ? dit Mr Clay.

Elishama réfléchit avant de répondre, puis il dit :

— Je vais vous l'expliquer : écoutez-moi bien, Mr Clay.

« Sur un certain point, les hommes sont tous les mêmes. Lorsqu'il s'agit de souscrire à un nouveau projet financier, on prouve par des documents irréfutables que les souscripteurs feront un bénéfice de 100 %, voire de 200 %, et chacun sait que c'est impossible, néanmoins les gens exigent de voir ces chiffres prometteurs figurer sur le papier, sinon ils ne veulent pas entendre parler du projet. Il en va de même de la prophétie d'Esaïe, que je vous ai lue. Le prophète qui l'a écrite vivait, j'imagine, dans une région où il pleuvait trop peu ; c'est pourquoi il disait que la terre brûlée deviendra un étang. En Angleterre, où le sol est presque toujours un étang, personne ne se soucie de copier cette prophétie, ou de la lire. Les marins qui racontent votre histoire, Mr Clay, sont de pauvres types, qui mènent une vie solitaire. C'est pourquoi ils décrivent cette riche demeure, et cette belle dame. Mais l'histoire qu'ils racontent n'est jamais arrivée. »

Mr Clay ne se tint pas pour battu, il riposta :

— Le marin dit aux autres qu'il avait *senti* le poids de la pièce d'or dans sa main et qu'il en avait *senti* le froid contre sa paume.

— Mais oui, Mr Clay, dit Elishama, et savez-vous pourquoi il prétendait avoir éprouvé ces sensations ? C'est parce qu'il savait et que les autres savaient aussi que pareille aventure est impossible. S'ils l'avaient crue possible, ils ne l'auraient jamais décrite. Un marin, lorsqu'il descend à terre, paie une fille des rues pour passer la nuit avec elle. Parfois il la paie dix shillings, parfois cinq, parfois même il ne lui donne que deux shillings. Aucune de ces femmes n'est belle, ni jeune, ni riche. Il peut arriver, bien que j'en doute fort, qu'une femme permette à un matelot de l'accompagner pour rien, mais si le cas s'est présenté, aucun marin n'en a jamais parlé. Ici, le marin prétend qu'une dame, belle et riche, une de ces dames qu'il a vues de loin peut-être mais auxquelles il n'a jamais adressé la parole, l'a payé cinq guinées pour cette même chose. Dans l'histoire, Mr Clay, il s'agit toujours de cinq guinées. C'est une entorse à la loi de l'offre et de la demande, qui n'a jamais existé et n'existera jamais. C'est pourquoi on raconte cette histoire.

À ce moment-là, Mr Clay était incapable d'articuler un mot tant il était troublé, surpris et vexé. Il était furieux contre Elishama parce qu'il devinait bien que son secrétaire tirait avantage de sa faiblesse et défiait son autorité. Mais il en voulait surtout au prophète Esaïe, qui était en train de démolir le monde et lui-même, Mr Clay, avec ce monde. Le secrétaire et le prophète se liguaient contre lui, Mr Clay le voyait bien.

Quand il reprit l'entretien, il dit, d'une voix rauque et éraillée, mais aussi ferme que lorsqu'il donnait des ordres dans ses bureaux :

— Si cette histoire ne s'est jamais passée auparavant, j'en ferai une réalité, moi. Je n'aime pas les fantaisies de l'imagination ; je n'aime pas les prophéties. Il est malsain et immoral de s'occuper de choses dépourvues de réalité. Moi, j'aime les faits : je vais transformer cette fiction en un fait positif.

Après avoir ainsi parlé, le vieillard se sentit le cœur plus léger. Il prévoyait qu'il allait avoir raison d'Elishama et du prophète Esaïe. Il leur prouverait que sa puissance restait entière.

— L'histoire se réalisera, dit-il. Un marin la racontera du commencement à la fin, telle qu'il l'aura vécue lui-même.

Lorsque Elishama rentra chez lui au petit jour, il se dit à part lui : « Ou bien ce vieux bonhomme est en train de devenir fou, ou bien il va mourir ; sinon, il aura honte demain du projet qu'il a formé cette nuit ; il souhaitera l'oublier, et ce que j'aurai à faire de plus sage, c'est de ne plus en souffler mot en sa présence. »

V. LA MISSION D'ELISHAMA

Cependant, Mr Clay n'éprouvait pas la moindre honte ; le projet envisagé pendant la nuit l'absorbait si complètement, et devenait à ses yeux une épreuve de force entre lui et ceux qui se révoltaient contre son autorité. Quand l'horloge sonna de nouveau minuit, il reprit le sujet et dit à Elishama :

— Croyez-vous que je ne suis pas capable de faire ce qui me plaît ?

Cette fois, Elishama ne prononça pas un seul mot de nature à contredire Mr Clay, il répondit :

— Non, Mr Clay, je crois que vous êtes capable de faire tout ce que vous voulez.

Mr Clay dit :

— Je veux que l'histoire que je vous ai racontée la nuit dernière se passe dans la vie réelle, et pour des gens qui existent réellement.

Elishama répondit :

— Je chercherai à vous satisfaire. Où voulez-vous que l'histoire se passe ?

— Ici même ! fit Mr Clay, en jetant un coup

d'œil de satisfaction orgueilleuse à sa vaste chambre à coucher, meublée avec un si grand luxe. Dans ma maison, je désire y assister moi-même en personne et voir tout de mes propres yeux. Je veux découvrir le marin moi-même dans une rue voisine du port. Je veux dîner en tête à tête avec lui dans ma salle à manger.

— C'est bien ! dit Elishama. Et quand voulez-vous que cette histoire arrive réellement à des gens réels ?

— Il faudrait que ce soit bientôt, répondit Mr Clay, après un court silence. Très bientôt. Pourtant, je me sens mieux cette nuit et, dans une semaine, mes forces seront presque revenues.

— Dans ce cas, dit Elishama, je m'arrangerai pour que tout soit prêt dans une semaine.

Après quelques instants, Mr Clay dit encore :

— Je paierai tous les frais, que m'importe qu'ils soient élevés !

Ces paroles étaient révélatrices d'une telle solitude, qu'Elishama crut les entendre prononcer du fond d'une tombe, mais, comme la tombe n'avait rien d'étranger pour le jeune homme lui-même, un grand rapprochement s'opéra entre lui et son patron.

— En effet, dit-il, il faudra pas mal d'argent, car rappelez-vous qu'il y a une jeune femme dans l'histoire.

— Oui, une jeune femme ! Mais le monde est plein de femmes, il est toujours possible d'acheter une jeune femme. C'est ce qu'il y a de meilleur marché dans toute l'affaire.

— Mais non ! Mr Clay, vous vous trompez, car, si je vous amène une fille de rues, le marin la reconnaîtra tout de suite pour ce qu'elle est et il n'aura plus confiance dans votre histoire.

Mr Clay grommela dans sa barbe. Elishama reprit :

— Je ne pourrai pas non plus vous avoir une jeune fille...

— Je vous paie pour faire ce travail, rétorqua Mr Clay. La découverte de la femme qu'il me faut est une partie de ce travail.

— Je vais réfléchir, dit Elishama.

Mais, tout en parlant avec Mr Clay, il avait déjà élaboré un plan.

Comme il a été dit, Elishama était expert dans la tenue des livres et la comptabilité en partie double. Il considérait Mr Clay comme l'aurait considéré le reste du monde, si le reste du monde avait été au courant des projets de Mr Clay, c'est-à-dire comme un fou. Mais, en même temps, il voyait son patron avec ses propres yeux et aux yeux d'Elishama, Mr Clay et les négociants, ses collègues, qui se livraient au commerce du thé ou à tout autre commerce, avaient toujours été fous. En vérité, Elishama n'était pas bien convaincu que, pour un homme ayant un pied dans la tombe, la réalisation d'une histoire n'était pas une entreprise plus raisonnable que la recherche du profit.

En tout temps, Elishama prenait le parti de l'individu contre le monde. Quelle que fût la folie de l'individu, le monde dans son ensemble était, sans aucun doute, plus désespérément bête et méchant. Une fois de plus, en quittant la maison de Mr Clay, l'employé comprit qu'il était indispensable à son patron et qu'il pourrait tout obtenir de lui. D'ailleurs, il n'avait aucune intention de tirer avantage de cet état de choses, mais l'idée lui plaisait.

Un jeune comptable, du nom de Charley Simpson, travaillait dans les bureaux de Mr Clay. Il était ambitieux et bien décidé à devenir, en temps voulu, un millionnaire, un nabab, pareil à Mr Clay lui-même. Ce gros garçon rougeaud estimait qu'il était le seul ami d'Elishama. Il le patronnait avec jovialité et, depuis quelque temps, l'honorait de ses confidences.

Charley entretenait en ville une maîtresse, du nom de Virginie, et il racontait à son protégé que ladite maîtresse était une Française de très bonne famille. Mais son tempérament sentimental avait fait son malheur et, à présent, elle ne vivait plus que pour ses passions. Or, Virginie avait envie d'un châle français. Son amant ne demandait pas mieux que de lui offrir l'objet désiré, mais il craignait d'entrer dans une boutique, de peur d'y être vu par un indiscret, susceptible de rapporter le fait à son père en Angleterre.

Peut-être Elishama accepterait-il de porter un

choix de châles jusque chez Virginie, et, pour le remercier de son obligeance, Charley le présenterait à la dame de ses pensées.

Les amants s'étaient querellés peu avant l'arrivée d'Elishama et de ses châles, mais la vue de ces derniers apaisa quelque peu Virginie. Elle drapa un châle, puis l'autre, autour de ses belles épaules, tout en s'admirant dans la glace, comme si les deux hommes n'avaient pas été présents. Elle alla même jusqu'à relever coquettement ses jupes au-dessus de ses genoux et à esquisser un pas de danse. Puis, tournant la tête vers son amant, elle lui dit par-dessus son épaule :

— Il est impossible que tu ne reconnaisses pas ma véritable vocation : je suis faite pour le théâtre et, si je parvenais à me procurer l'argent nécessaire au voyage, ce que j'aurais à faire de plus intelligent, ce serait de rentrer en France, où la comédie, la tragédie, le drame existent toujours et où les grandes actrices sont les idoles du pays.

Les mots de comédie, de tragédie, de drame ne faisaient pas partie du vocabulaire d'Elishama, mais il avait l'intuition d'une sorte de rapport entre ces termes et l'histoire de Mr Clay.

Le jour qui suivit sa dernière conversation avec son patron, il se rendit chez Virginie.

Elishama avait un trait de caractère, qui aurait surpris la plupart de ceux qui croyaient le connaître : il éprouvait une sympathie, ou plutôt une compassion innée et profonde pour toutes les femmes, et, en particulier, les jeunes femmes.

Il a été dit plus haut que tout en ne désirant nullement avoir un cheval à lui, il était capable d'estimer à un sou près le prix d'un cheval qu'on lui présentait. De même, tout en ne désirant pas les femmes, il les voyait avec les yeux des autres jeunes gens, et savait apprécier exactement leur valeur. Cependant, il jugeait qu'à ce point de vue ses semblables étaient myopes ou aveugles. En outre, le prix lui paraissait erroné et l'article lui-même sous-estimé.

Il ressentait mystérieusement la même sympathie pour les oiseaux, les quadrupèdes le laissaient indifférent et il n'aimait pas les chevaux, bien qu'il les connût fort bien. Mais il faisait un détour en se rendant au bureau pour passer devant les boutiques des Chinois, marchands d'oiseaux, et il contemplait longuement les cages échafaudées les unes sur les autres. Il connaissait chaque oiseau en particulier, et leur sort lui inspirait une grande tristesse.

Tandis qu'il se dirigeait vers la maison de Virginie, Elishama était pour ainsi dire doublement ému, car cette jeune femme, qu'il allait voir, lui rappelait un oiseau. Lorsque, en son for intérieur, il la comparait aux autres femmes de Canton, il la voyait semblable à un faisan doré ou à un paon dans une basse-cour.

Elle était plus grande que ses sœurs, d'un maintien plus noble, plus majestueux; son plumage plus brillant l'isolait des petites volailles domestiques.

Lors de leur première entrevue, Virginie paraissait déplumée, agitée comme un faisan doré au moment de la mue; mais elle n'en était pas moins un faisan doré.

VI. L'HÉROÏNE DE L'HISTOIRE

Virginie habitait une petite maison chinoise proprette et soignée. Un jardinet l'entourait et les fenêtres étaient pourvues de volets verts.

La vieille propriétaire chinoise, qui faisait le ménage et la cuisine de sa locataire, était absente ce jour-là. Elishama trouva la porte ouverte et entra sans se faire annoncer. Assise devant sa table près de la fenêtre, Virginie faisait des réussites. Elle leva les yeux et dit :

— Comment, c'est vous? Que m'apportez-vous? Encore des châles?

— Non, mademoiselle Virginie, aujourd'hui, je ne vous apporte rien.

— Alors, si vous ne servez pas à autre chose, asseyez-vous et tenez-moi compagnie puisque vous êtes là.

Il obéit à l'invitation.

En dépit de son passé aventureux, Virginie restait jeune et fraîche. Il y avait en elle quelque chose de la fleur. Sa présence évoquait une belle rose trempant dans un vase. Elle portait un peignoir de mousseline à volants, mais ne s'était pas encore coiffée et son abondante chevelure brune retombait presque sur la ceinture rose qui lui serrait la taille. Les rayons dorés du soleil du soir filtraient à travers les volets jusque sur ses genoux.

Elle continua sa réussite, tout en posant des questions à Elishama :

— Êtes-vous toujours chez ce vieux monstre ?

Elishama répondit :

— Il est malade et ne peut sortir de chez lui.

— Est-ce vrai qu'il va mourir ?

— Non, mademoiselle Virginie. Il est même assez bien pour faire des projets et, si vous me le permettez, je vais vous exposer l'un d'eux. Mais commençons par le commencement.

— Bon ! Tant qu'il sera trop malade pour sortir de chez lui, je puis tolérer qu'on me parle de lui.

— Mr Clay, reprit Elishama, a entendu raconter une certaine histoire, il y a cinquante ans. Il se trouvait alors sur un bateau au large du cap. Aujourd'hui qu'il est malade et a perdu le sommeil, il repense à cette histoire. Il déteste les fictions, il déteste les prophéties, il n'aime que les faits.

« Voici qu'il s'est mis en tête de faire de cette histoire une réalité, un événement qui concernera des personnages réels. Je suis à son service depuis sept ans, qui donc trouverait-il pour exécuter ses desseins si ce n'était moi ? Mr Clay est l'homme le plus riche de Canton, mademoiselle Virginie. Il faut qu'il obtienne ce qu'il désire. Mais écoutez l'histoire :

« Il y avait un marin dont le navire aborda un jour au port d'une grande ville. L'homme descendu à terre traversait une rue non loin du quai, lorsqu'une voiture attelée de deux superbes chevaux s'arrêta près de lui. Un vieux monsieur descendit de la voiture, aborda le marin et lui dit : "Vous êtes un marin de belle mine, vous plairait-il de gagner cinq guinées ?" Le marin dit que oui et le vieux monsieur l'emmena dans sa maison, où il lui fit servir à boire et à manger.

« Et alors, mademoiselle Virginie, il lui dit : "Je suis un négociant immensément riche, vous avez pu le constater vous-même, mais je suis seul au monde. Ceux qui, à ma mort, hériteront de ma fortune sont des imbéciles, qui ne cessent de m'affliger et de me créer des ennuis. J'avais pris une jeune épouse... mais..." »

Ici, Virginie interrompit le conteur :

— Je connais cette histoire, elle est arrivée à Singapour à un de mes amis, capitaine de la marine marchande. Vous l'aurait-il racontée pour que vous la connaissiez si bien ?

— Non, mademoiselle Virginie ; il ne me l'a pas racontée, mais d'autres marins l'ont fait. C'est une histoire que l'on répète sur tous les bateaux, et tous les marins du monde la racontent; et elle serait restée propriété exclusive des navires et de leurs équipages si Mr Clay n'avait pas souffert d'insomnies. Maintenant il veut que l'histoire se passe à Canton, afin qu'un marin tout au moins puisse la raconter d'un bout à l'autre comme lui étant arrivée à lui-même.

— Il était destiné à mourir fou, ce méchant homme qui a tant de péchés sur la conscience! s'écria Virginie, et si aujourd'hui il a envie de jouer une comédie avec le diable, c'est une affaire entre eux deux.

— Bien sûr que c'est une comédie, j'avais oublié ce mot. Il y a des gens qui jouent dans des comédies et y gagnent de l'argent et qui deviennent l'idole des nations. Dans la comédie de Mr Clay il y a trois acteurs : il prendra lui-même le rôle du vieux monsieur, et il veut découvrir personnellement le jeune marin dans une rue voisine du port, où descendent les marins.

« Mais, puisqu'un capitaine de la marine marchande anglaise vous a raconté cette histoire, mademoiselle Virginie, vous savez aussi qu'il y est question en outre d'une belle jeune femme. Si la jeune femme veut entrer dans l'histoire et la terminer pour Mr Clay, mon patron lui versera cent guinées pour sa peine. »

Virginie se retourna d'un brusque mouvement vers Elishama, et faisant valoir ainsi toute la beauté de son buste, elle croisa ses bras sur sa poitrine et se mit à rire :

— Que veut dire tout ceci ? demanda-t-elle.

— C'est une comédie, mademoiselle Virginie, un rêve ou une tragédie ; c'est une histoire.

— Il a des idées singulières concernant la comédie, votre vieux ! opina Virginie. Dans une comédie les acteurs simulent certains actes ; ils se tuent les uns les autres, ou ils meurent, ou ils couchent avec leur maîtresse ; mais, en réalité, ils n'accomplissent rien de tel. Votre patron ressemble à l'empereur Néron de Rome, qui pour s'amuser faisait dévorer ses sujets par des lions. Mais depuis lors, ces agissements n'ont pas été répétés, et beaucoup de temps a passé depuis l'époque où vivait Néron.

— Était-il très riche, cet empereur Néron ? demanda Elishama.

— Oh ! Le monde entier lui appartenait.

— Et ses comédies étaient-elles bonnes ?

— Je suppose qu'il les appréciait. Mais trouverait-il quelqu'un pour y tenir un rôle de nos jours ?

— S'il possédait aujourd'hui le monde entier, il ne manquerait pas d'acteurs pour ses comédies, dit Elishama.

Virginie fixa le jeune homme de ses yeux brillants, et dit :

— Je crois que personne ne parviendra jamais à vous insulter vous-même, en y mettant tous ses efforts.

Elishama répondit après un court instant de réflexion :

— Je ne le crois pas non plus. Pourquoi leur permettrais-je de m'insulter ?

— Et si je vous mettais à la porte de chez moi, sortiriez-vous ?

— Oui, je sortirais ; cette maison est la vôtre. Mais, après mon départ, vous penseriez aux raisons qui vous ont poussée à me mettre à la porte. Les gens se croient insultés quand on les met en face de leurs propres pensées. Mais pourquoi leurs propres pensées ne seraient-elles pas dignes d'être racontées à d'autres ?

Virginie ne le quittait pas du regard. À l'aube de ce même jour elle s'était révoltée contre son sort au point qu'elle avait failli courir au port pour s'y noyer. Elle s'était un peu calmée en faisant des réussites. Et voici que, brusquement, elle se rendait compte qu'elle était seule dans la maison avec Elishama et que celui-ci ne manifestait pas la moindre intention de répéter leur conversation à qui que ce soit. Dans ce cas-là, il n'y avait qu'à continuer l'entretien, et elle dit :

— Que vous donne Mr Clay pour venir me proposer ce marché ? *Trente deniers en pièces d'argent, n'est-ce pas, c'est le prix*[1] ?

Quand Virginie agitait des pensées n'ayant pas trait à la réalité quotidienne, elle s'exprimait en français.

---

1. En français dans le texte.

Elishama, qui parlait bien le français, ne reconnut pas la citation, mais se figura que Virginie se moquait de lui parce que Mr Clay payait aussi médiocrement ses services. Il répondit :

— Non. Mr Clay ne m'a pas payé pour cela. Je suis employé chez lui, et je n'ai le droit de travailler que pour lui. Mais vous, mademoiselle Virginie, vous pouvez faire ce qui vous plaît.

— Je le pense aussi, dit Virginie.

— Vous le pensez, car vous avez toujours eu le droit d'aller où bon vous semblait. Et maintenant, vous voilà ici, dans cette maison, mademoiselle Virginie.

Virginie rougit de colère, mais, en même temps, elle avait conscience, une fois de plus, et plus vivement que la fois précédente, qu'elle était seule avec Elishama dans cette maison, fermée au reste du monde.

VII. VIRGINIE

Le père de Virginie était un négociant de Canton. Il avait fait graver dans une chevalière la devise de sa vie : « Pourquoi pas ? » Pendant les vingt années qu'il passa en Chine, son cœur était resté en France, et les grands événements de sa patrie n'avaient cessé de l'émouvoir.

Virginie avait douze ans quand son père mourut.

Elle était l'aînée de ses enfants. Toute petite déjà elle était belle comme un ange et son père s'amusait à l'emmener partout, la montrant fièrement à ses amis. Elle vit et apprit beaucoup de choses en quelques années. Elle possédait le talent d'imiter les autres, et, de retour à la maison, elle donnait d'amusantes petites représentations, reproduisant les scènes auxquelles elle avait assisté, et répétant les remarques et les chansons qu'elle avait entendues. Sa mère descendait d'une famille de marins anglais, et, bien qu'elle comprit fort bien qu'une femme doit s'accommoder d'un mari à l'esprit exubérant, elle reprochait parfois doucement au sien de trop gâter leur jolie petite fille. Lui, ne répondait que par un baiser, et disait en riant :

— *Ah! Virginie est fine; elle s'y entend en fait d'ironie*[1].

Ce bel homme, séduisant, avait beaucoup voyagé dans sa jeunesse. Il avait fait des affaires en Espagne avec une très grande dame qui lui avait accordé son amitié. Plus tard, il apprit en Chine que la fille de la noble Espagnole avait épousé l'empereur Napoléon III, et était à présent impératrice des Français. Il en éprouva autant de fierté et de joie que s'il avait été lui-même l'instigateur de ce mariage.

Grâce aux récits de son père, Virginie vécut pendant des années dans l'atmosphère de grandeur de la cour de France. Elle assistait aux bals donnés

1. En français dans le texte.

en l'honneur de majestés étrangères dans les salons resplendissants des Tuileries. Elle connaissait les cabales de cour, les amours romanesques, les duels, les valses de Strauss.

Après la mort de son père vinrent la pauvreté et les épreuves. Virginie perdit la grâce angélique de son enfance ; elle grandit trop ; mais, en secret, elle venait se consoler dans le monde glorieux du passé. Vêtue d'une robe étincelante de diamants, elle montait encore les escaliers de marbre brillamment éclairés. Elle dansait avec des princes et des ducs, et ceux qui partageaient son existence monotone et solitaire dans des chambres sordides s'étonnaient du courage de la jeune fille. Pourtant les Tuileries avaient fini par perdre leur éclat et disparaissaient lentement de son horizon.

Le père avait essayé d'inculquer à sa petite fille des principes de morale, et il les illustrait de menues anecdotes sur la cour de France. L'une de ces anecdotes resta profondément gravée dans l'esprit de Virginie.

La charmante Mlle de Montijo avait informé l'empereur Napoléon III que le chemin menant à sa chambre à coucher passait par Notre-Dame. Virginie était familiarisée avec la cathédrale Notre-Dame, dont une belle reproduction ornait la chambre de ses parents. Souvent elle se représentait une Mlle Virginie couverte de dentelles dans une vaste chambre à coucher de proportions dignes de celles de l'église, et cette vision lui réchauffait et lui épanouissait le cœur.

Hélas, le chemin qui menait à sa propre chambre à coucher n'avait nullement passé par Notre-Dame ; il n'avait même pas passé par la petite église française de Canton. Depuis quelque temps, il passait en faisant beaucoup de détours par les bureaux et les maisons de commerce de la ville, et Virginie méprisait les hommes qui venaient chez elle par ce chemin-là.

Au cours de sa carrière décevante, elle avait cependant connu un triomphe, mais à l'exception d'elle-même personne n'en savait rien. Elle avait eu pour amant un capitaine de la marine marchande anglaise. Il la persuada de s'enfuir avec lui au Japon qui venait de s'ouvrir au commerce étranger. Pendant la première nuit que le couple passa dans le petit hôtel japonais, il y eut un tremblement de terre. Toutes les maisons s'écroulèrent, et la catastrophe fit plus de cent victimes. Cette nuit-là, Virginie fit non seulement l'expérience de la terreur, mais elle vécut le plus grand moment de sa vie. Le fracas du tonnerre était dirigé contre elle personnellement ; c'était la perte de son innocence qui faisait trembler la terre et les énormes vagues, en se brisant sur la grève, gémissaient sur la chute de Virginie.

Seuls les êtres légers et frivoles, y compris son amant, pouvaient ignorer la loi de la cause et de l'effet, et restaient incapables de mesurer l'étendue de sa ruine.

Virginie possédait un grand fonds de bonté. Dans l'éclat actuel de sa situation, maintenant qu'elle était sortie définitivement des Tuileries, elle eût été prête à aimer davantage ses amants s'ils avaient consenti à se laisser aimer par Virginie comme de pauvres gens ayant besoin de sympathie. Virginie aurait pu s'accommoder de sa liaison actuelle avec l'ami d'Elishama pourvu qu'il voulût bien voir dans cette liaison ce qu'elle y voyait elle-même, c'est-à-dire l'effort de deux solitaires pour tirer le meilleur parti d'une triste situation d'une façon toute bourgeoise et modeste, mais avec une bienveillance réciproque.

Cependant Charley était un jeune ambitieux, qui aimait à se voir lui-même sous l'aspect d'un homme du monde, et à voir en sa maîtresse une demi-mondaine. Or Virginie ne connaissait pas la véritable signification de ce terme et souffrait de la vanité de Charley, motif de la plupart de leurs querelles au cours de leur vie commune.

Les bras croisés sur sa poitrine, et les yeux brillants à demi fermés, pareille à un chat qui épie une souris, elle écoutait parler Elishama. S'il avait eu en cet instant envie de s'enfuir, elle ne l'aurait pas retenu.

Mais le jeune homme reprit :

— Mr Clay est disposé à vous verser cent guinées si vous consentez à venir chez lui la nuit qu'il choisira.

— Chez lui ! s'écria Virginie, effarée.

— Oui, chez lui ; et cette offre, mademoiselle Virginie...

Virginie se redressa avec une telle violence qu'elle renversa sa chaise, et elle frappa Elishama au visage avec toute sa force.

— Jésus ! Chez lui ! Savez-vous dans quelle maison il habite ? C'est la maison de mon père. J'ai joué dans cette maison quand j'étais petite.

Virginie portait une bague au doigt, et le sang coula sur la joue d'Elishama. Il l'essuya de la main, et regarda cette main rougie. À la vue du sang, Virginie fut prise d'une fureur indicible ; elle se mit à courir dans la pièce ; sa robe blanche balayait le plancher ; puis elle se laissa tomber sur une chaise, se releva, s'assit sur une autre, se releva encore...

VIII. VIRGINIE ET ELISHAMA

Enfin elle parla.

— Cette maison, dit-elle, était ce qui me restait du temps où j'étais une petite fille riche, jolie et innocente. Chaque fois que je passais devant, je rêvais d'y rentrer un jour.

Elle poussa un long soupir et des taches marbrèrent son visage.

— Vous allez donc y rentrer maintenant, mademoiselle Virginie, car la jeune femme de l'histoire de Mr Clay est riche, jolie et innocente.

Virginie le regardait sans paraître le voir; elle aurait regardé une poupée de la même façon.

— Mon Dieu! dit-elle, Mon Dieu! Virginie est fine, *elle s'y comprend en ironie*[1].

Elle détourna les yeux, puis, s'adressant cette fois à Elishama, elle reprit :

— Vous allez tout savoir. Je tiens de mon père ce que je vais vous raconter.

Pendant quelques secondes, elle se boucha les oreilles avec ses doigts. Quand ses mains retombèrent, elle cria :

— Vous saurez tout, vous saurez tout. Mon père et moi parlions dans *cette* maison, de l'avenir : un grand et noble avenir. L'impératrice Eugénie ne portait qu'une seule fois ses souliers de satin blanc, puis elle en faisait cadeau à l'école des Bonnes Sœurs pour les petites orphelines, le jour de leur première communion. Je m'imaginais que je ferais la même chose plus tard, car papa était fier de mes petits pieds.

Virginie releva un peu sa robe, et contempla ses pieds chaussés d'une vieille paire de pantoufles.

— L'impératrice des Français avait fait une carrière brillante et sans autre exemple, moi je ferais comme elle. Le chemin menant à la chambre à

---

1. Copie textuelle d'une phrase en français dans le texte.

coucher de l'impératrice avait passé par la cathédrale Notre-Dame.

Et la jeune femme conclut, dans un murmure : *Virginie s'y comprend en ironie.*

Il y eut un long silence.

— Écoutez, mademoiselle Virginie, dit enfin Elishama, dans les châles...

— Les châles ! répéta Virginie, stupéfaite.

— Oui, les châles que je vous ai fait choisir, poursuivit Elishama, portaient un dessin. Vous avez dit à votre ami, Mr Simpson, que vous préfériez certains modèles aux autres, mais sur tous les châles, il y avait un dessin.

Virginie avait du goût ; elle était sensible à la beauté d'un dessin, et l'une des raisons pour lesquelles elle méprisait les Anglais, c'est qu'à ses yeux ils ne cherchaient pas à façonner leur vie d'après un beau modèle. Elle fronça les sourcils, mais sans interrompre Elishama.

— Seulement, fit-il, les lignes du motif vont dans un sens différent que le sens attendu ; on les voit comme dans un miroir.

— Comme dans un miroir, répéta lentement Virginie.

— Oui ! Et pourtant le dessin reste un dessin.

Cette fois, elle le regarda sans rien dire.

— Vous m'avez raconté, reprit Elishama, que cet empereur de Rome possédait le monde entier. Mr Clay, lui, possède Canton, et tous les habitants de Canton (tous, sauf moi ! ajouta-t-il in petto).

Mr Clay, et d'autres négociants riches comme lui, possèdent cette ville. Observez les rues : vous y verrez des centaines de gens se dirigeant vers le nord, le sud, l'est, l'ouest. Combien sont-ils parmi eux qui ne songeraient même pas à circuler dans les rues, si d'autres gens ne les y obligeaient pas ? Et ces gens, qui les y oblige ? Ce sont Mr Clay et ses pareils. À présent, il vous ordonne de venir chez lui, et vous lui obéirez !

— Non ! dit Virginie.

Elishama attendit un instant ; mais, comme elle n'ajouta rien à ce non, ce fut le jeune homme qui parla :

— Ce qui importe, ce sont les ordres de Mr Clay. Vous m'avez frappé tout à l'heure et vous tremblez à présent à cause de ces ordres. Votre émotion est de bien peu d'importance, en comparaison de ce que vous allez faire ou ne pas faire.

— C'est vous qui me dites d'y aller, riposta Virginie.

— Oui, parce que Mr Clay m'a ordonné d'agir comme je le fais.

Après un nouvel arrêt de la conversation, Elishama dit encore :

— Faites retomber vos cheveux sur votre visage, mademoiselle Virginie. S'il faut rester dans l'obscurité, il vaut mieux que ce soit dans ses propres ténèbres. Je puis attendre autant que vous voudrez.

Virginie, décidée à refuser les conseils d'Elishama, secoua la tête avec violence. Ses longs cheveux, dont le ruban était tombé pendant qu'elle allait et venait dans la chambre, formaient autour d'elle un nuage sombre, et lorsqu'elle baissa la tête, toute sa chevelure retomba en avant, cachant son visage. Elle resta immobile dans cette pénombre pendant un moment.

— Le chemin dont vous parliez, dit Elishama, et qui passait par la cathédrale de Notre-Dame, se trouve dans ce motif, mais en sens inverse.

Derrière son voile, Virginie murmura :

— En sens inverse ?

— Oui, en sens inverse. Dans ce motif, le chemin va du côté opposé et il ne s'arrête pas.

L'étrange douceur de la voix du jeune homme émut Virginie, bien qu'elle s'en défendît.

— Mademoiselle Virginie, vous serez vous-même l'artisan de votre vie, tout comme l'impératrice des Français, sauf que votre vie va du côté opposé au sien. Et pourquoi pas, mademoiselle Virginie ?

Virginie ne répondit rien tout d'abord, puis elle dit :

— Avez-vous connu mon père ?

— Non, je ne l'ai pas connu.

— Alors, comment savez-vous que le motif du dont vous parlez se trouve dans ma famille et que, dans ma famille, on qualifie ce motif de tradition ?

Elishama se tut parce qu'il ne comprenait pas le sens du mot : tradition. Mais elle poursuivit lentement :

— *Et pourquoi pas*[1] ?

Elle rejeta ses cheveux en arrière, leva la tête et s'assit derrière la table comme une marchande à son comptoir. Elishama lui trouvait le visage plus large et plus plat qu'auparavant, comme si un rouleau avait passé dessus, et elle s'exprima ainsi :

— Dites de ma part à Mr Clay que je ne viendrai pas pour le prix qu'il m'a offert. Je viendrai pour trois cents guinées. C'est un motif du dessin, si vous voulez, ou, pour employer des termes que Mr Clay comprendra, c'est le règlement d'une ancienne dette.

— Est-ce là votre dernier mot, mademoiselle Virginie ?

— C'est mon dernier mot.

— Votre tout dernier mot ?

— Oui.

— S'il en est ainsi, je vais vous remettre les trois cents guinées.

Il ouvrit son portefeuille, et déposa les billets de banque sur la table.

— Voulez-vous un reçu ? demanda-t-elle.

— Non.

Elishama se disait que l'affaire serait moins risquée sans reçu. Virginie fit tomber pêle-mêle les billets de banque et les cartes à jouer dans le tiroir de la table. Elle ne ferait plus de réussite ce jour-là.

— Comment savez-vous, dit-elle en regardant

---

1. En français dans le texte.

Elishama bien en face, que je ne mettrai pas le feu à la maison avant de la quitter le lendemain matin et que votre maître ne sera pas brûlé ?

Elishama, qui avait été sur le point de sortir, s'arrêta :

— Je vais vous dire une chose avant de m'en aller : cette histoire sera la fin de Mr Clay.

— Croyez-vous qu'il prémédite de mourir ?

— Non. D'ailleurs, je n'en sais rien. Mais, d'une façon ou d'une autre, cette histoire sera sa mort. Personne au monde, fût-ce l'homme le plus riche, ne peut faire une réalité d'une histoire inventée par d'autres.

— Comment le savez-vous ?

Il attendit un moment avant de répondre :

— Si vous additionnez une colonne de chiffres, dit-il posément comme pour lui faire bien comprendre les choses, vous commencez à droite, par les unités, et avancez à gauche vers les dizaines, les centaines, les mille et les dix mille. Mais si quelqu'un se met en tête d'additionner les nombres de gauche à droite, qu'arrivera-t-il ? Il s'apercevra que son total est faux et que ses livres ne valent plus rien. Le total de Mr Clay s'avérera faux et ses livres ne vaudront plus rien... Que fera Mr Clay sans ses livres ? L'affaire est mauvaise pour moi aussi, mademoiselle Virginie. J'ai été au service de Mr Clay pendant sept ans et je vais perdre ma situation, mais il n'y a rien à faire.

Pour la première fois de sa vie, Elishama parlait confidentiellement de son patron à un tiers.

— Où allez-vous maintenant ? dit Virginie.

— Moi ? fit-il, surpris que l'on pût s'intéresser à ses faits et gestes. Je rentre chez moi.

Virginie le considéra avec une sorte de crainte superstitieuse.

— Je me demande où est votre chez vous et à quoi il peut bien ressembler. Aviez-vous un foyer dans votre enfance ?

— Oh, non !

— Avez-vous des frères et sœurs ?

— Non.

— Je le pensais bien, s'écria-t-elle, car je sais maintenant qui vous êtes. Quand vous êtes entré, je pensais que vous étiez une des pauvres créatures qui vivent dans les entrepôts de Mr Clay. *Mais toi, tu es le Juif errant*[1].

Pour toute réponse, Elishama lui adressa un bref regard de ses yeux voilés, et s'en alla.

IX. LE HÉROS DE L'HISTOIRE

La lune brilla au-dessus de la ville de Canton et sur la mer de Chine, pendant la nuit destinée, par Mr Clay, à la matérialisation de son

---

1. En français dans le texte.

histoire. C'était une nuit d'avril. L'air était doux et tiède et déjà d'innombrables chauves-souris volaient sans bruit de-ci de-là dans l'espace. Les lauriers du jardin de Mr Clay semblaient presque décolorés au clair de lune. Les roues de la victoria faisaient à peine grincer le gravier de l'avenue.

Au prix de grands efforts, Mr Clay avait été habillé et installé dans sa voiture. Maintenant, il y était gravement assis, tout droit contre le capitonnage de satin, en pardessus noir et chapeau haut de forme londonien.

En face de lui, Elishama faisait moins brillante figure sur son siège étroit. Il ne quittait pas des yeux le visage de son patron, ce mourant, qui s'en allait ainsi pour prouver son omnipotence, et pour accomplir des actes irréalisables.

La voiture dépassait les quartiers riches de Canton, leurs villas et leurs jardins, et s'engageait dans les rues voisines du port, rues populeuses, bruyantes et où flottaient toutes sortes d'odeurs. À cette heure-là, personne ne se pressait plus.

Les passants circulaient sans hâte, ou bien s'arrêtaient pour bavarder les uns avec les autres. La victoria ne pouvait avancer que lentement.

Ici et là, des lanternes de couleur se balançaient devant des maisons. Elles brillaient comme des bijoux dans la grisaille du soir. De son siège, Mr Clay observait attentivement la foule. Jamais encore, il n'avait regardé de près les visages de ceux qu'il croisait dans la rue. Cette expérience était toute nouvelle pour lui et elle ne se répéterait pas.

Un marin solitaire vint à passer.

Mr Clay ordonna à Elishama de faire arrêter la voiture et d'accoster l'inconnu. L'employé descendit et, sous les yeux du maître, s'adressa au marin :

— Bonsoir ! dit-il. Mon maître, que vous voyez dans cette voiture, me prie de vous dire que vous êtes un marin de belle mine. Il vous demande s'il vous plairait de gagner cinq guinées cette nuit ?

— Quoi ? Que dites-vous ? fit le marin.

Elishama répéta la question, et le marin fit un pas du côté de la victoria pour mieux voir le vieillard qui s'y trouvait. Puis, se tournant vers Elishama :

— Répétez ce que vous m'avez dit, fit-il.

Elishama prononça donc son petit discours pour la troisième fois. Le marin l'écoutait bouche bée. Mais, tout à coup, il tourna le dos à la victoria et s'enfuit à toute allure. Au coin de la rue, il s'engagea dans une venelle transversale et disparut.

Sur un signe de Mr Clay, Elishama remonta dans la voiture et ordonna au cocher de se remettre en route.

Un peu plus loin, un garçon trapu, qui avait l'apparence d'un homme de mer, s'apprêtait à traverser la rue. Il dut s'arrêter devant la victoria. Il regarda Mr Clay. Mr Clay le regarda.

Pour la seconde fois, Elishama descendit et refit à l'autre la proposition qu'il avait faite au premier matelot.

Le jeune homme qu'il abordait sortait visiblement d'un bar et n'était pas trop solide sur ses jambes. Lui aussi obligea Elishama à répéter sa question, mais n'attendit pas la fin de la phrase pour partir d'un immense éclat de rire, en se tenant les côtes :

— Par exemple ! s'écria-t-il. Voilà l'aventure qui est arrivée à un marin de belle mine lorsqu'il rendit visite aux terriens. Pas besoin d'en dire davantage. Je vous accompagne, mon vieux. Par Jésus-Christ, vous avez trouvé l'homme qu'il vous faut !

Il se hissa dans la voiture à côté de Mr Clay, considéra Elishama et le cocher avec des yeux ronds et caressa de la main le capitonnage de satin :

— Tout est en soie ! fit-il, riant toujours. Tout est en soie, et doux et moelleux. Qu'est-ce que je vais voir encore ?

Tandis que la voiture roulait sur les pavés, il se mit à siffler et il ôta son béret pour se rafraîchir la tête. Puis, soudain, il appuya ses deux mains sur sa figure et resta dans cette position pendant un instant. Après quoi, sans dire un mot, il sauta à terre, prit ses jambes à son cou et disparut dans une rue de traverse, comme le premier matelot.

Mr Clay ordonna au cocher de revenir sur ses pas, dans la même rue, puis de faire volte-face en longeant très lentement la chaussée. Mais il n'arrêta plus son équipage et n'ajouta rien à ses ordres. Elishama, qui évitait de regarder le vieillard, se demandait s'ils allaient circuler ainsi toute la nuit.

Ils avaient déjà abandonné les rues étroites voisines du port et enfilaient l'avenue qui menait à la maison de Mr Clay, quand ils virent trois jeunes marins se diriger vers eux, bras dessus, bras dessous. Comme la voiture les rejoignait, deux d'entre eux lâchèrent le troisième et se sauvèrent en courant, laissant leur camarade en face de Mr Clay et d'Elishama.

Mr Clay fit arrêter, mais, d'un geste de la main, il empêcha Elishama de descendre de la victoria :

— J'irai moi-même cette fois-ci, dit-il.

Ce ne fut que très lentement, très laborieusement, qu'il se trouva dans la rue au bras de son secrétaire. Il fit un pas vers le marin, s'arrêta devant lui et, raide comme un poteau, pointa sa canne vers le jeune garçon. Puis, d'une voix rauque et éraillée, mais qui exprimait une implacable résolution :

— Bonsoir ! dit-il. Vous êtes un marin de belle mine. Vous plairait-il de gagner cinq guinées cette nuit ?

Le jeune marin était grand, large d'épaules et de membres solides avec des mains énormes. Ses cheveux extrêmement blonds étaient si épais qu'au premier abord Elishama les confondit avec un bonnet de fourrure.

L'autre ne parla pas, ne fit pas un geste, mais, les yeux vagues, il considérait tranquillement Mr Clay. Dans sa main droite, il portait un assez gros ballot, qu'il prit dans sa main gauche pour se frotter la cuisse de son poing resté libre, comme s'il eût voulu se préparer à assener un coup. Mais il n'en fit rien et, tendant la main, il saisit celle de Mr Clay.

Le vieillard avala sa salive et réitéra sa proposition :

— Vous, qui êtes un marin de belle mine, avez-vous envie de gagner cinq guinées cette nuit?

Le garçon parut réfléchir :

— Oui, dit-il, j'ai envie de gagner cinq guinées ; j'étais tout juste en train de me demander comment je pourrais gagner cinq guinées. Je vais avec vous, Monsieur.

Il parlait lentement, s'arrêtant entre chaque phrase et avec un curieux accent.

— En ce cas, dit Mr Clay, montez dans ma voiture et je vous en dirai davantage à notre arrivée chez moi.

Le marin déposa son ballot au fond de la victoria, mais n'y monta pas lui-même :

— Non! dit-il, votre équipage est trop beau pour moi. Mes habits sont sales et tachés par le goudron. Je courrai à côté de la voiture et j'irai certainement aussi vite que vous.

Plaçant sa grande main sur le garde-boue, il prit le pas de course dès que les chevaux se mirent en branle, et il ne se laissa pas distancer d'un mètre. Quand l'équipage s'immobilisa devant le portail de Mr Clay, le jeune garçon ne paraissait même pas essoufflé. Les domestiques de Mr Clay se précipitèrent pour aider leur maître à descendre de voiture et le débarrasser de son pardessus. Le maître d'hôtel, un Chinois gros et chauve, vêtu de soie verte, apparut dans la véranda, tenant une lanterne au bout d'une longue perche. À la lumière dorée de la lanterne, Elishama jeta un coup d'œil rapide sur l'hôte et son invité. Mr Clay avait singulièrement retrouvé vie et entrain. On aurait dit que le jeune coureur, qui ne s'était pas laissé distancer par la voiture, avait, du même coup, fait couler plus librement le sang du vieillard. Les joues pâles de Mr Clay avaient même pris une délicate teinte rosée, comparable à celle d'un visage fardé de jeune femme. Le vieillard était satisfait de la proie qu'il ramenait du port de Canton. Selon toute apparence, il n'aurait pu en trouver d'autre de cette qualité.

Le marin était presque un enfant encore. Son large visage tanné s'éclairait de deux yeux bleu clair. Son extrême maigreur faisait apparaître ses os partout où ses vêtements ne les couvraient pas et la gravité de son jeune visage lui prêtait une expression presque inquiétante. Les gens qui reviennent de prison ont cette expression-là. Il était pauvrement vêtu d'une chemise bleue, d'un pantalon de treillis et ses pieds étaient nus dans ses vieilles chaussures.

Il reprit son ballot et suivit lentement le maître d'hôtel, porteur de la lanterne.

X. LE SOUPER DE L'HISTOIRE

Des chandeliers d'argent massif décoraient la table et la lumière des bougies se reflétait dans les glaces aux cadres dorés suspendues aux murs, de sorte que toute la vaste pièce scintillait de centaines de petites flammes. La table était mise, les plats servis et les bouteilles débouchées.

Elishama, qui était entré le dernier et s'était assis sur une chaise à l'autre bout de la salle, voyait les dîneurs et les domestiques, silencieux et affairés, comme on voit à grande distance les personnages d'un tableau.

On avait installé Mr Clay près de la table dans son fauteuil garni de coussins, il y restait très droit comme dans la voiture. Mais le jeune marin promenait un regard hésitant autour de lui. Il semblait avoir peur de toucher à quoi que ce soit dans la pièce et il fallut l'inviter à s'asseoir à trois reprises avant qu'il y consentît.

D'un geste de la main, le vieillard ordonnait au maître d'hôtel de verser du vin à son invité ; il le regardait boire et, pendant tout le repas, veilla à faire remplir son verre. Pour lui tenir compagnie, il alla même, contre son habitude, jusqu'à absorber une gorgée de vin.

Le premier verre eut un effet rapide et violent sur le jeune garçon : en reposant son verre vide, il rougit brusquement si fort que ses yeux semblèrent fondre en eau à la chaleur de ses joues brûlantes. Dans son fauteuil, Mr Clay poussa un profond soupir et toussa par deux fois. Quand il parla, ce fut d'abord d'une voix basse et un peu enrouée ; mais bientôt, il retrouva son timbre normal ; pourtant les paroles ne montaient que lentement à ses lèvres.

— À présent, mon jeune ami, dit-il, je vais vous expliquer pourquoi je vous ai invité à venir chez moi, vous, un pauvre matelot rencontré dans une rue près du port. Peu de gens ont été autorisés à entrer dans cette maison, même parmi les riches négociants de Canton. Écoutez-moi bien, et vous allez tout savoir ; car j'ai bien des choses à vous dire.

Il s'arrêta un instant pour reprendre haleine, puis continua en ces termes :

— Je suis un homme riche, le plus riche de Canton. Une partie des richesses que j'ai accumulées au cours d'une longue vie se trouve ici, dans ma demeure. Une plus grande partie est dans mes entrepôts ; une plus grande encore sur les rivières et sur la mer. En Chine, mon nom vaut plus d'argent que vous ne pouvez l'imaginer. Lorsqu'on prononce ce nom en Angleterre ou en Chine, on évoque un million de livres sterling.

Mr Clay refit une courte pause. Elishama pensait à part soi que jusqu'à présent son patron n'avait rappelé que des faits depuis longtemps enregistrés dans sa mémoire, et il se demandait comment ferait le vieillard pour passer du monde réel dans le monde imaginaire. Car Mr Clay, qui, au cours de sa longue vie, n'avait entendu raconter qu'une seule histoire et n'avait jamais raconté d'histoires lui-même, n'avait pas une seule fois usé de feintes ou de dissimulations. Cependant, quand il reprit son récit, le secrétaire comprit qu'il ruminait dans sa tête bien des idées qu'il cherchait à mettre au clair. Au fond de lui-même subsistaient des perceptions, des émotions dont il n'avait jamais parlé à âme qui vive et il eût été incapable d'en parler à qui que ce soit, si ce n'est à ce garçon, pieds nus, dont il ignorait le nom.

Elishama commençait à comprendre la valeur de ce que l'on appelle une comédie, seul moyen, peut-être, pour un être humain de dire la vérité.

— Un million de livres, répéta Mr Clay. Ce million de livres, c'est moi, moi-même. Il représente mes jours et mes années : c'est mon cerveau, mon cœur, ma vie. Je suis seul dans cette maison avec mon million de livres. J'ai été seul avec lui depuis très longtemps et j'ai été heureux qu'il en soit ainsi. Car les êtres humains que j'ai rencontrés, ou auxquels j'ai eu affaire, je ne les ai pas aimés, mais méprisés. Je n'ai permis qu'à un très petit nombre d'entre eux de me serrer la main. Je n'ai permis à aucun de toucher à mon argent.

Et il ajouta d'un air pensif :

— Jamais, comme tant d'autres riches marchands, je n'ai craint que ma fortune ne durât pas autant que moi, car j'ai toujours su comment la conserver, et comment la faire se multiplier.

« Mais, tout récemment, j'ai compris que je ne durerais pas aussi longtemps que ma fortune. Le moment viendra, il approche, où nous devrons nous séparer, elle et moi. Une des parties disparaîtra, l'autre continuera d'exister : où alors, et avec qui vivra-t-elle ? Faut-il que je la laisse tomber dans des mains dont je l'ai préservée jusqu'à présent ? Faut-il que ces mains, avides et répugnantes, la manient et la tripotent ? Plutôt leur abandonner mon corps. Quand j'y pense la nuit, je ne dors pas.

« Je ne me suis pas préoccupé de chercher à qui je pourrais laisser mes biens, car je sais qu'il est impossible de trouver en ce monde des mains dignes de les recevoir. Mais, en ces derniers temps, il m'est venu à l'idée que j'aurais plaisir sans doute à les laisser dans une main qui me devra d'exister. »

Il répéta lentement : « Qui me devra d'exister..., qui me devra d'exister et que j'aurai appelée à la vie, de même que j'ai engendré ma fortune, mon million de livres.

« Car, ce n'était pas mon corps qui souffrait dans les plantations de thé, sous le brouillard matinal, ou à la chaleur cuisante de midi ; ce n'était pas ma main que brûlaient les plaques de fer rougies, sur lesquelles on sèche les feuilles de thé ; ce n'étaient pas mes doigts qui s'écorchaient en embraquant les bras de vergues du voilier pour lui donner plus de vitesse. Les coolies affamés des plantations de thé, le matelot brisé de fatigue pendant son quart, ne surent jamais qu'ils contribuaient à l'acquisition de ce million de livres. Pour eux existaient seulement les minutes de souffrance, les doigts endoloris, les rafales de grêle qui leur fouettaient le visage et les misérables pièces de cuivre de leurs gages.

« C'était dans ma tête et par ma volonté que cette foule de petites gens sans importance coopéraient à la production d'une seule chose : un million de livres.

« Ne l'ai-je pas légalement engendrée, ma fortune ? De même, en combinant les événements, en les obligeant à une coopération qui correspondît à ma volonté, je puis, légalement, procréer la main à laquelle je remettrai, avec un certain plaisir, ma fortune, tout ce qui restera de moi. »

Mr Clay se tut pendant assez longtemps. Puis il enfonça sa vieille main parcheminée dans sa poche, la retira et examina son contenu :

— Avez-vous jamais vu de l'or ? demanda-t-il au marin.

— Non, répondit l'autre. J'en ai entendu parler

par des capitaines et des subrécargues, qui en ont vu ; mais je n'en ai jamais vu moi-même.

— Tendez votre main, dit Mr Clay.

L'autre tendit sa grande main : sur le revers un tatouage dessinait une croix, un cœur et une ancre.

— Voilà une pièce de cinq guinées, dit Mr Clay. Les cinq guinées que vous allez gagner, c'est de l'or.

La pièce reposait dans la paume du marin et, pendant un instant, les deux hommes la considérèrent attentivement. Puis, détournant le regard, Mr Clay but un peu de vin et dit :

— Je suis moi-même dur, je suis sec ; j'ai toujours été dur et sec et je ne voudrais pas avoir été autre que je ne suis. Tout ce que le corps sécrète me dégoûte. Je ne puis souffrir la vue du sang, je ne bois pas de lait, la sueur me répugne, les larmes m'écœurent. Ces sucs dissolvent les os et les os se dissolvent également dans les relations entre les êtres humains qu'on appelle camaraderie, amitié ou amour. Je me suis séparé d'un associé parce que je ne voulais pas qu'il devienne mon ami et dissolve mes os. Mais, mon jeune matelot, l'or est solide ; il est dur, il ne se dissout pas. L'or ! répéta Mr Clay, et l'ombre d'un sourire apparut sur son visage. L'or, c'est la solvabilité.

«Vous, vous débordez des sucs de la vie ; vous avez du sang et j'imagine que vous avez des larmes. Vous aspirez à posséder les biens qui dissolvent, l'amitié, la camaraderie, l'amour. Cette nuit, vous avez vu de l'or pour la première fois.

« Je puis me servir de vous. Cette nuit, seuls les minutes, le plaisir physique et les cinq guinées, dans votre poche, existeront réellement pour vous. Vous ne vous rendrez pas compte que vous contribuerez à l'exécution d'une de mes œuvres les plus importantes. Quelle ne sera pas la stupéfaction de ma famille d'Angleterre, qui s'est réjouie jadis d'être débarrassée de moi, mais qui depuis vingt ans a été à l'affût de mon héritage de Chine ! Puisse-t-elle dormir en paix, en attendant le coup de théâtre ! »

Le marin mit la pièce d'or dans sa poche. Il avait le teint échauffé d'avoir tant mangé et bu. À le voir si grand et solidement charpenté, avec ses cheveux ébouriffés et ses yeux brillants, on aurait dit un jeune ours, vorace et avide, sortant de sa tanière hivernale, il s'écria :

— Ne dites plus un mot, patron ! Je sais ce que vous allez me raconter. Sur le bateau, j'ai entendu, mot pour mot, la même histoire. Elle est arrivée à un marin, qui était descendu à terre. Et vous, mon vieux monsieur, vous avez de la chance cette nuit, si vous cherchez un jeune matelot hardi, entreprenant, vous avez de la chance ! Vous n'en trouverez pas qui me vaille sur aucun bateau. Qui d'autre serait resté onze heures d'affilée à la pompe pendant la tempête, au large des Lofoten ?

« C'est dur pour vous d'être si vieux et si sec.

Quant à moi, je sais parfaitement ce que j'ai à faire. »

Une fois de plus, le jeune garçon rougit brusquement ; il devint écarlate et, s'arrêtant net dans ses fanfaronnades, il se tut. Quand il rompit le silence, ce fut pour dire :

— Je n'ai pas l'habitude de parler à de vieilles gens riches. À vous dire la vérité, patron, je n'ai même pas l'habitude de parler à qui que ce soit. Il y a quinze jours, quand la goélette *Barracuda* m'a trouvé et m'a pris à son bord, je n'avais pas dit un mot de toute une année. À la mi-mars de l'année dernière, mon propre bateau, le trois-mâts *Amelia Scott*, avait sombré pendant le gros temps et, seul, de tout l'équipage, j'ai été jeté sur le rivage d'un îlot inhabité. Il y a trois semaines encore, je me promenais sur la grève de mon île, j'y entendais bien des sons, mais pas une voix humaine. Parfois, je chantais une chanson. On peut chanter une chanson pour soi tout seul, n'est-ce pas ? Mais je n'ai jamais parlé à personne.

XI. LE BATEAU

Mr Clay vit avec plaisir que son entreprise prenait le caractère d'une aventure, tant chez son invité que dans son histoire. Il considéra le jeune garçon de ses yeux mi-clos et, pour un instant, ne détourna pas de lui ses regards qui exprimaient l'approbation, presque la tendresse.

— Vraiment, dit-il, vous avez eu faim ; vous avez couché sur le sol nu ; vous avez été vêtu de haillons pendant une année...

Après un coup d'œil circulaire dans la salle richement meublée, il ajouta :

— Tout ceci doit être pour vous un grand changement ?

Le marin regarda également autour de lui :

— C'est vrai, dit-il, cette maison est bien différente de mon île.

Quand il se retourna vers le vieillard, il passa sa main dans ses cheveux :

— C'est bien pour cela, fit-il, que mes cheveux sont si longs. J'avais l'intention de les faire couper ce soir. Les deux autres m'avaient promis de m'emmener chez un coiffeur, mais ils ont changé d'idée et, au lieu d'aller chez le coiffeur, ils me conduisaient chez les filles. Ç'a été une chance pour moi de n'y avoir pas été, sinon je ne vous aurais pas rencontré. Je reprendrai bientôt l'habitude de parler aux gens. J'ai su parler autrefois et je ne suis pas un aussi grand imbécile que j'en ai l'air.

— Que ce doit donc être agréable, murmura Mr Clay, comme se parlant à lui-même, que ce doit donc être agréable de vivre tout seul sur une île, sans que personne vienne vous déranger.

— C'était agréable d'une certaine manière,

opina le jeune matelot d'un air pensif. Il y avait des œufs d'oiseaux sur la grève et je pêchais aussi. J'avais mon couteau, un bon couteau, et je faisais une entaille dans l'écorce d'un grand arbre chaque fois que je voyais la nouvelle lune. J'avais fait neuf entailles, et puis je les ai oubliées, et il y a eu deux ou trois nouvelles lunes de plus avant l'arrivée du *Barracuda*.

— Vous êtes jeune, dit Mr Clay, et je pense que vous avez été bien heureux quand le navire vous a ramené chez d'autres gens.

— Oui, j'étais content, d'une part ; mais je m'étais habitué à mon île et j'avais fini par croire que j'y resterais toute ma vie. Je vous ai dit qu'il y avait des bruits sur cette île ; j'entendais celui des vagues pendant la nuit entière et, quand le vent se levait, je l'écoutais gronder autour de moi de tous côtés. J'entendais les oiseaux de mer qui se réveillaient le matin. Une fois, il a plu pendant quinze jours et, une autre fois, la pluie a duré un mois complet. Chaque fois, la pluie s'accompagnait de gros orages. La pluie tombait du ciel comme un chant et le tonnerre rappelait une voix humaine, celle de mon vieux capitaine. J'en ai été étonné ; je n'avais pas entendu une seule voix depuis plusieurs mois.

— Les nuits vous paraissent-elles longues ?

— Elles étaient aussi longues que les jours : le jour venait, puis la nuit, puis le jour. L'un était aussi long que l'autre. Ce n'était pas comme dans mon pays où les nuits sont courtes en été et longues en hiver.

— À quoi pensiez-vous la nuit ?

— Je pensais surtout à une chose, je pensais à un bateau. Parfois aussi, je rêvais que ce bateau m'appartenait, que je le lançais, que je le dirigeais. C'était un bon et fort bateau, qui tenait bien la mer. Mais il n'avait pas besoin d'être grand ; il me suffisait qu'il eût cinq tonnes. Une petite corvette aurait bien fait mon affaire ; l'arrière aurait été bleu et j'aurais découpé des étoiles autour des fenêtres des cabines.

« Ma maison paternelle se trouve à Marstal, au Danemark. Lars Jensen Bager, qui était un ami de mon père, m'aiderait à construire mon bateau. Avec ce bateau, je ferais le commerce de blé entre Bandholm, Skelskor et Copenhague. Je n'avais pas envie de mourir avant de posséder ce bateau. Quand le *Barracuda* m'a recueilli, j'ai pensé que c'était ma première étape en direction de mon bateau, et c'est pourquoi j'étais content. Et lorsque je vous ai rencontré, Monsieur, et que vous m'avez demandé si je voulais gagner cinq guinées, j'ai su que j'avais eu raison de quitter mon île. C'est pourquoi je vous ai suivi.

— Vous êtes jeune, dit Mr Clay une fois encore, et vous avez certainement pensé aux femmes sur votre île.

Le jeune garçon ne répondit pas tout de suite ; il regardait droit devant lui ; on aurait pu croire qu'il avait perdu le souvenir du langage. Enfin il répondit :

— Sur le *Barracuda*, et sur l'*Amelia Scott*, les autres marins parlaient de leurs amoureuses. Je sais, je sais très bien ce que vous attendez de moi cette nuit pour vos cinq guinées. Je vaux n'importe quel autre marin sur ce point-là. Vous n'aurez aucune raison de vous plaindre de moi, patron, et votre dame, qui m'attend, n'aura pas lieu de se plaindre, elle non plus.

Pour la troisième fois, une brusque rougeur monta au front du jeune garçon. La rougeur s'atténua, puis augmenta de nouveau, et resta perceptible sous son hâle, comme une couche plus foncée. Le marin se redressa de toute sa taille, il était très grave :

— Tout bien réfléchi, dit-il, je ferais mieux d'aller retrouver mon navire, et vous, Monsieur, vous choisirez un autre marin pour votre affaire.

Tout en parlant, il enfonça la main dans sa poche.

La délicate teinte rosée disparut sur les joues de Mr Clay, qui s'écria :

— Non, non ! Je ne veux pas que vous retourniez sur votre navire. Vous avez été jeté sur une île déserte ; vous n'avez parlé à âme qui vive pendant un an. J'aime à me représenter ce qui vous est arrivé. Je puis me servir de vous, et je ne prendrai pas d'autre marin pour faire ce que je veux.

L'invité de Mr Clay fit un pas en avant. Il avait

l'air d'un géant avec sa haute taille et sa large carrure, et Mr Clay se cramponna des deux mains à son fauteuil. Des hommes désespérés l'avaient menacé à plusieurs reprises, et il les avait matés par la puissance de sa fortune, ou par la force de son esprit froid et mordant. Mais cet individu en colère, qui se dressait devant lui, était trop simple pour céder soit à la fortune, soit à la force de l'esprit. De tels arguments n'auraient aucune prise sur lui.

Peut-être avait-il enfoncé la main dans sa poche pour en tirer le couteau dont il venait de parler. Était-ce donc une affaire de vie ou de mort que de vouloir matérialiser un conte ?

Le marin sortit de sa poche la pièce d'or, que lui avait donnée Mr Clay, et la tendit au vieillard, en disant :

— Vous feriez mieux de ne pas me retenir. Vous êtes très vieux, et vous n'avez guère de forces pour me résister. Merci pour la nourriture et pour le vin. Je vais retrouver mon navire. Bonne nuit, Monsieur !

Dans sa surprise et son anxiété, Mr Clay ne parvint à parler que très bas, et d'une voix enrouée, mais il parla :

— Et votre bateau à vous, mon beau marin, dit-il, le bateau qui doit vous appartenir à vous seul ; ce bateau de cinq tonnes, qui tient si bien la mer et qui doit transporter un chargement de blé de votre pays à Copenhague. Qu'adviendra-t-il puisque vous me rendez les cinq guinées, et que vous vous en allez ? Ce ne sera plus qu'une histoire que vous m'aurez racontée. Jamais vous ne le lancerez, jamais il ne naviguera.

Une minute s'écoula... puis le garçon remit la pièce d'or dans sa poche.

XII. LE DISCOURS DU VIEUX
MONSIEUR DANS L'HISTOIRE

Pendant la conversation du nabab et du marin dans la salle à manger brillamment éclairée, Virginie, dans la chambre à coucher, se préparait à jouer son rôle : le rôle de l'héroïne de l'histoire de Mr Clay. Les lumières avaient été doucement tamisées pour la nuit par des abat-jour roses.

Virginie venait de renvoyer la petite bonne chinoise, qui l'avait aidée à ranger la pièce et à l'embellir par tous les objets susceptibles de lui donner l'apparence d'une chambre de femme élégante.

Elle s'était arrêtée brusquement de travailler à deux ou trois reprises, disant à la jeune fille qu'elles allaient immédiatement quitter la maison, toutes deux. Mais, à présent, Virginie était seule, et ne songeait plus à fuir.

La chambre où elle se trouvait avait été celle de ses parents. Le dimanche matin, on permettait aux enfants de venir jouer dans le grand lit. Le père et la mère de Virginie, qui pendant bien longtemps avaient été si loin de sa pensée, étaient près d'elle cette nuit. Elle rentrait dans leur ancienne maison avec leur consentement. Pour eux, comme pour elle, cette nuit verrait le jugement de leur vieil ennemi mortel. Le déshonneur et l'humiliation de leur fille constituaient des témoignages concluants à sa charge. La fille, comme elle en avait fait le vœu longtemps auparavant, n'assisterait pas au verdict, mais le père et la mère, qui étaient dans la tombe, seraient là, pour regarder le coupable en face.

Les objets qui avaient servi à embellir la chambre à coucher d'une nuit, les statuettes, les éventails chinois, les bouquets, étaient semblables à ceux que Virginie se souvenait d'avoir vus dans son enfance, et qui avaient été si tristement brûlés, ou détruits par son père, avant que Mr Clay prît possession de la maison. Un petit nombre de bibelots venaient de l'appartement personnel de Virginie. De cette façon, Virginie avait relié sa morne existence des dix dernières années au passé innocent de son enfance. M. et Mme Dupont se seraient retrouvés chez eux.

L'installation de la chambre terminée, Virginie se préoccupa de se parer elle-même. Elle se mit à la tâche solennellement, et avec une sombre énergie : telle Judith dans la tente des Babyloniens préparant son visage et son corps pour sa rencontre avec Holopherne. Cependant son travail l'absorba bientôt si complètement qu'elle en oublia le reste, comme avait sans doute fait Judith.

Virginie était une honnête personne dans les affaires d'argent. Elle avait consciencieusement et largement entamé les trois cents guinées de Mr Clay pour acheter tout ce que réclamait son rôle. Elle avait un faible pour les dentelles, et disparaissait en cet instant dans un nuage de Valenciennes. Un collier de corail entourait son cou ; elle portait des boucles d'oreille de perles et des mules de satin rose. Elle avait poudré et fardé son visage, noirci ses sourcils, rougi ses lèvres pleines. Sa chevelure retombait en boucles brunes et soyeuses sur ses épaules rondes. Elle avait parfumé sa gorge et ses bras.

Son œuvre terminée, Virginie alla gravement consulter l'une après l'autre les grandes glaces qui couvraient les murs. Les glaces avaient réfléchi son image de petite fille, elles lui révélaient alors qu'elle était jolie et gracieuse. En s'y mirant aujourd'hui elle se souvenait qu'à l'âge de douze ans elle les avait suppliées de lui faire voir ce qu'elle serait plus tard, quand elle serait une dame. Mais l'enfant, elle le savait en cet instant, n'aurait jamais pu espérer se faire voir sous un jour plus doux, plus rosé. Ses rêves n'auraient pu lui représenter dame plus charmante, plus ensorcelante.

La passion de Virginie pour l'art dramatique, qu'elle avait héritée de son père, et qu'il encourageait, vint à son aide à l'heure de la détresse. Si elle n'était pas, aujourd'hui, conforme à l'image réfléchie par les miroirs, les affaires de son père, elles non plus, n'avaient jamais été exactement ce qu'elles semblaient être.

Tout en faisant ces réflexions, elle ôta ses mules de satin rose et glissa son beau corps, svelte et musclé, entre les draps fins garnis de dentelles, et ses cheveux noirs, soyeux, se répandirent sur l'oreiller.

Virginie, qui avait été absorbée par sa rancune contre son ennemi, ne songeait plus, en cet instant, qu'à sa propre personne. Ce ne fut que lorsqu'elle entendit un pas lourd dans le corridor qu'elle accorda sa pensée au troisième personnage de l'histoire, à l'inconnu qu'elle allait recevoir cette nuit. L'espace d'une seconde, elle frissonna en se représentant la marionnette embauchée et subornée par Mr Clay.

Quand la poignée de la porte tourna, elle baissa les yeux, et elle continua à fixer uniquement son drap, jusqu'à ce que le battant s'ouvrît de nouveau, puis se refermât. Cette façon d'ignorer une présence exprimait plus de volonté et d'énergie que tout regard chargé de la haine la plus inflexible, la plus mortelle.

Vêtu de sa longue robe de chambre de soie de Chine, Mr Clay entra dans la chambre ; il s'appuyait sur une canne. Derrière lui, à distance respectueuse, une grande ombre indistincte apparut et franchit lentement le seuil.

L'unique verre de vin qu'il avait bu avec son invité n'avait pas manqué de faire son effet sur le vieillard, auquel la goutte avait infligé tant de nuits blanches. Quelques minutes auparavant, il avait aussi été légèrement pris de peur. Pour lui qui avait fait peur à bon nombre de ses semblables, la peur était une expérience singulière, et de nature à lui fouetter le sang d'une manière toute nouvelle. Mais une liqueur bien plus forte encore avait grisé Mr Clay : cette nuit, il se mouvait dans un monde créé par lui, un monde né de sa parole.

Sa victoire l'avait vieilli. En quelques heures, ses cheveux blancs semblaient avoir blanchi davantage ; mais, en même temps, elle l'avait étrangement rajeuni. Cette heure était pour lui l'heure de la conquête, l'heure de la domination.

Aux prises avec les forces qui avaient osé le défier, il les annihilait. Il sentait obscurément qu'il triomphait de celui qui avait tenté de renverser sa conception du monde, c'est-à-dire du prophète Esaïe.

Mr Clay eut un léger sourire ; il s'avança en chancelant, la beauté d'une femme l'émouvait pour la première fois de sa vie. Il contemplait presque avec bonheur la fille couchée dans ce lit : cette fille qu'il avait appelée à l'existence. Pendant un instant très bref il eut la vision d'une enfant que son père lui avait amenée avec orgueil. Puis la vision disparut. Mr Clay eut un hochement de tête approbateur : ses marionnettes se comportaient bien. L'héroïne de son histoire était rose et blanche, et ses yeux baissés témoignaient des alarmes de sa pudeur. L'histoire se déroulerait dans le bon sens. Le moment était venu de faire un discours, tel le vieux monsieur du conte. Mr Clay se rappelait ce discours mot pour mot depuis la nuit au large du cap de Bonne-Espérance, cinquante ans plus tôt. Mais la conscience de son pouvoir montait quelque peu à la tête du nabab de Canton.

Le prophète Esaïe est rusé ; sous ses airs pieux il dissimule son habileté et ses ressources. L'enfance de Mr Clay n'avait duré que le temps qu'il avait mis à apprendre à parler et à comprendre le langage des autres gens. Et maintenant qu'il était sur le point d'atteindre au zénith de sa puissance, le prophète posait sa main sur sa tête, et refaisait de lui un enfant. En d'autres termes, ce vieil homme entrait tout doucement dans la seconde enfance. Il commençait à jouer avec son histoire, et ne pouvait renoncer au sujet de la conversation à table.

— Vous, fit-il, en pointant son index vers la jeune fille couchée dans le lit, puis indiquant le marin du même geste, mais sans le regarder, et vous ! êtes de jeunes gens. Vous êtes bien portants, vos membres ne sont pas douloureux, vous dormez pendant la nuit. Et, parce que vous pouvez marcher et vous mouvoir sans souffrir, vous croyez que vous marchez, et bougez, par votre volonté. Mais il n'en est rien ! Vous marchez et bougez sur mon ordre. Vous êtes en réalité deux pantins, jeunes, forts, et avides de plaisir, dans mes vieilles mains.

Il s'arrêta, souriant toujours de son petit sourire cruel; puis reprit :

— C'est ainsi, je vous l'ai dit, que sont tous les pantins dans une main forte; c'est ainsi que sont tous les pantins pauvres dans la main des riches; les imbéciles dans les mains des intelligents. Ces mains-là tirent les ficelles, et les pantins dansent ou s'affaissent.

Mr Clay termina son discours en ces termes :

— Quand je serai parti, et que vous serez livrés à vous-mêmes, vous croirez que vous obéissez aux ordres de votre jeune sang. Mais vous ne ferez que ce que je veux que vous fassiez : vous agirez conformément au plan de mon histoire. Cette nuit, la chambre, le lit, vous-mêmes et votre jeunesse, ne serez qu'une histoire dont ma volonté a fait, d'un mot, une réalité.

Mr Clay ne sortit de la pièce qu'à regret. Appuyé sur sa canne, il s'attarda au pied du lit pendant une minute encore. Puis, avec une noble dignité, il tourna le dos aux acteurs, qui allaient jouer leur rôle sur la scène de sa toute-puissance. Quand il ouvrit la porte, Virginie leva les yeux : elle vit l'assassin de son père disparaître dans le couloir. La longue robe de chambre chinoise de Mr Clay balaya le plancher, mais fut prise dans la porte qui se refermait, et le vieillard dut ouvrir cette porte une deuxième fois.

XIII. LA RENCONTRE

La pièce retomba dans un silence absolu.

Quand la porte fut définitivement close, le jeune garçon fit deux pas en avant, et Virginie tourna vers lui son visage. Elle ressentit alors une frayeur mortelle, et en oublia sa mission, ne désirant plus que se retrouver chez elle, même sous la protection de Charley Simpson, quelque médiocre que fût cette protection. Car le personnage, debout au pied de son lit, n'était pas un de ces marins ordinaires qui déambulaient dans les rues de Canton. C'était un animal sauvage et gigantesque, qui venait l'écraser sous son poids.

Lui la regardait fixement, un souffle puissant soulevait et abaissait alternativement sa large poitrine, mais, à part cela, il restait absolument silencieux. Il finit cependant par dire :

— Je pense que vous êtes la plus belle fille qui existe au monde.

Et Virginie s'aperçut qu'elle avait affaire à un enfant.

Le marin lui demanda :

— Quel âge avez-vous ?

Elle ne sut que dire, la sombre tragédie de sa vie allait-elle tourner en comédie ? Le jeune homme, qui attendait une réponse, posa une nouvelle question :

— Avez-vous dix-sept ans ?

— Oui, dit Virginie.

Au son de sa propre voix, qui prononçait ces mots, ses traits prirent une expression plus douce :

— Alors, nous sommes du même âge.

Le matelot fit un pas de plus, et s'assit sur le bord du lit :

— Comment vous appelez-vous ?

— Virginie.

Il répéta par deux fois ce nom de Virginie et resta quelque temps à regarder la jeune femme ; puis il se coucha doucement à côté d'elle, sur le bord de la courtepointe. En dépit de sa taille, il se mouvait légèrement et avec aisance. Elle l'entendit qui respirait plus vite, puis il retint son souffle et poussa un faible gémissement, comme si une force se libérait en lui. Ils restèrent ainsi pendant assez longtemps.

— Il faut que je vous dise quelque chose, fit-il brusquement, à voix basse. Je n'ai jamais couché avec une fille avant cette nuit. J'ai eu l'intention de le faire à plusieurs reprises, mais je ne l'ai jamais fait.

Il se tut, attendant ce qu'elle allait répondre. Comme elle ne dit rien, il poursuivit :

— Ce n'était pas tout à fait de ma faute. J'ai vécu pendant des mois dans un endroit loin de tout, où il n'y avait pas de filles.

Il s'arrêta encore, puis recommença de nouveau à parler :

— Je n'en ai jamais rien dit aux autres, sur le

navire, et pas non plus aux amis avec lesquels je suis descendu à terre cette nuit. Mais j'ai pensé qu'il valait mieux que vous le sachiez.

Virginie se retourna vers lui presque malgré elle. Le visage qui touchait son visage à elle était en feu. Il reprit :

— Quand j'étais dans cet endroit, si loin d'ici, dont je vous ai parlé, je m'imaginais parfois qu'une jeune fille, qui était mienne vivait avec moi. Je lui apportais des œufs d'oiseaux et des poissons, et quelques-uns de ces gros fruits, qui mûrissent là-bas, mais dont je ne connais pas le nom. Cette fille était gentille pour moi. Nous couchions ensemble dans une grotte que j'avais découverte au bout de trois mois de séjour dans mon île. Quand la pleine lune brillait, elle éclairait notre grotte. Mais je ne savais de quel nom appeler ma compagne, je ne me souvenais d'aucun nom de femme.

Il murmura : « Virginie... Virginie... » et une fois encore : « Virginie ! »

Soudain, il souleva la courtepointe et le drap et se glissa dessous. Bien qu'elle restât encore à quelque distance, elle sentait la présence de ce jeune corps, robuste et souple.

Un peu plus tard, il étendit la main et effleura celle de Virginie. La chemise de nuit de dentelle s'était un peu soulevée sur les jambes et, lentement, très lentement, le garçon avança une main pour toucher le genou rond et nu. Il s'arrêta un peu, ses doigts caressèrent la peau fine ; puis il retira la main et son genou maigre et dur vint la remplacer.

Un instant plus tard, Virginie, épouvantée, se mit à crier :

— Mon Dieu ! Mon Dieu ! Lâchez-moi pour l'amour de Dieu ! Il y a un tremblement de terre, ne sentez-vous pas que la terre tremble ?

— Non ! haleta le jeune garçon, ce n'est pas un tremblement de terre, ce n'est que moi.

XIV. LA SÉPARATION

Lorsqu'il finit par s'endormir, il la tenait serrée comme dans un étau ; son visage se pressait contre celui de Virginie et il respirait paisiblement.

Virginie, qui avait pensé à tant de choses en ces derniers temps, ne dormait pas et ne pensait à rien. Jamais encore elle n'avait rencontré pareille force. Il eût été inutile et vain pour elle d'agir par elle-même. Cette puissance, qui l'enveloppait toute, lui apparaissait comme une sorte de réalité inconnue jusqu'alors et auprès de laquelle tout le reste semblait vide et artificiel.

Elle s'était souvenue tout à coup au milieu de la nuit des récits que lui faisait sa mère, sur sa propre famille, tous des marins de Bretagne. De vieilles chansons françaises, relatant les dangers qui attendent le navigateur et ses retours au foyer, lui revenaient à la mémoire. À la fin, elle se rappela, comme venant de très loin, la chanson de la femme du marin, qui chante près du berceau de son nourrisson.

Dans la nuit, lorsque le jeune garçon se réveilla, il se comporta, à l'égard de Virginie, comme un ours devant un rayon de miel. Il poussa de véritables grognements de concupiscence et d'extase. Ils échangèrent par deux fois quelques paroles :

— Sur le bateau, j'ai parfois composé une chanson, dit-il.

— De quoi parlait votre chanson ?

— De la mer, de la vie des marins et de leur mort.

— Dites-moi une strophe.

Il hésita un peu, puis se mit à réciter :

Pendant que j'étais de quart au milieu de la nuit
Il faisait froid
Trois cygnes volèrent vers la lune,
Ils passèrent devant son visage d'or.

Il répéta, un peu gêné, d'or... et, après un court silence, il dit :

— Une pièce de cinq guinées est pareille à la lune, et pourtant, elle n'est pas pareille.

— Avez-vous composé d'autres chansons ? demanda Virginie, qui ne comprenait pas ce qu'entendait le marin, mais ne voulait pas l'ennuyer par ses questions.

— Oui, j'en ai composé d'autres sur mon bateau.
— Récitez-m'en quelques-unes.

Il récita encore :

Quand le ciel est brun et que la mer bâille,
Creusant des abîmes de trois mille brasses
Et que le bateau s'enfonce comme une baleine,
Paul Velling ne pâlit pas.

— Est-ce votre nom ?
— Oui, je m'appelle Paul. Ce n'est pas un vilain nom. Mon père s'appelait Paul et son père aussi. C'est le nom de braves marins fidèles à leurs bateaux. Mon père s'est noyé six mois avant ma naissance. Il est au fond de l'eau.
— Mais vous n'allez pas vous noyer, vous, Paul ?
— Peut-être que non, mais je me suis demandé souvent à quoi avait pensé mon père quand la mer a fini par le prendre.
— Aimez-vous vous représenter ce genre de choses ? interrogea Virginie, un peu effarée.

Il réfléchit à la question, puis il dit :
— Oui ! Il est bon de penser à la tempête et à la mer démontée, l'idée de la mort n'a rien de pénible.

Un peu plus tard, le marin poussa une exclamation, mais presque sans élever la voix :

— Il faut que je regagne le navire dès l'aube : il fait voile ce matin.

Ces mots éveillèrent une résonance douloureuse dans le corps même de Virginie, mais, l'instant d'après, elle fut à nouveau comme annihilée par la violence du marin et ils se rendormirent dans les bras l'un de l'autre.

Elle se réveilla aux premières lueurs grises qui filtrèrent entre les rideaux. Le jeune garçon avait desserré son étreinte, mais dans son profond sommeil, il gardait encore entre les siennes une des mains de Virginie.

Une seule pensée s'empara de l'esprit de Virginie dès son réveil. Jamais encore elle n'avait été absorbée à ce point par une préoccupation unique, à l'exclusion de toute autre :

« Quand il le verra à la lumière du jour, se dit-elle, mon visage lui apparaîtra vieux, poudré, fardé : c'est le visage d'une vieille femme perverse. »

Elle suivait anxieusement les progrès de la lumière : « Il me reste encore dix minutes... encore cinq minutes », pensait-elle, et elle sentait son cœur s'alourdir de plus en plus dans sa poitrine. Et puis ce fut l'heure ! Elle appela par deux fois le dormeur.

Quand il se réveilla, elle lui dit de se lever, s'il voulait retrouver son bateau avant qu'il mît à la voile. Lui, sans répondre, prit la main de Virginie et l'appuya contre sa joue avec un sanglot étouffé. Un oiseau chanta dans le jardin et Virginie dit :

— Écoute, Paul, un oiseau chante ; les chandelles sont toutes consumées, la nuit est finie.

Soudain, comme un animal qui bondit sur sa proie, il la tira hors du lit, la prit dans ses bras et l'emporta :

— Viens ! cria-t-il. Viens avec moi loin d'ici !

Le son de sa voix était à la fois mélodieux comme un chant et terrible comme le hurlement de la tempête. Il la soulevait plus haut que ses bras. Il cria encore :

— Je t'emmènerai dans le navire, je t'y cacherai dans la cale et je te conduirai chez moi.

Elle s'appuya des deux mains contre la poitrine du jeune homme pour le repousser et le sentit haleter comme un soufflet de forge ; mais, elle-même, ne parvint qu'à le faire vaciller un peu, comme un arbre au souffle du vent, tant il la tenait étroitement embrassée. Il resserra encore davantage son étreinte et la souleva très haut, comme s'il eût voulu la jeter sur son épaule.

— Je ne te quitterai pas, fit-il d'un ton qui n'admettait pas de réplique. Te quitter maintenant que tu es à moi ? Jamais, jamais, jamais !

À ce moment-là, Virginie aperçut leurs deux silhouettes imprécises dans un des miroirs. Elle n'aurait pu souhaiter vision plus dramatique. Le jeune garçon, d'une taille dépassant toute mesure humaine, apparaissait formidable, comme un ours furieux dressé sur ses pattes de derrière, et balançait son bras droit en l'air. Et elle, Virginie, ses longs cheveux flottant derrière elle, restait captive comme une proie sans défense dans son bras gauche. En se débattant, elle réussit à poser un de ses pieds par terre. Le marin la sentit trembler, il ne la lâcha pas, mais la laissa reprendre son équilibre.

— De qui as-tu peur ? fit-il, en l'obligeant à le regarder. Crois-tu donc que je permettrai à qui que ce soit de t'arracher de mes bras ? Tu viendras chez moi. Tu ne craindras ni les tempêtes ni les tourmentes de neige quand je serai avec toi. Tu n'auras jamais rien à craindre au Danemark. Nous dormirons l'un près de l'autre toutes les nuits, comme cette nuit... comme cette nuit.

La terreur mortelle de Virginie n'avait rien à voir avec les tempêtes, les tourmentes de neige ou les vagues en furie. En cet instant, la mort elle-même ne l'effrayait pas : elle ne craignait qu'une chose, c'est qu'il aperçût son visage à la lumière du jour. Au début, elle n'osa pas parler, car elle n'était pas sûre d'elle et savait qu'elle pourrait se trahir. Mais, quand elle se retrouva les deux pieds par terre, elle chercha désespérément le moyen de s'enfuir :

— Tu ne peux m'emporter, dit-elle. Il t'a payé !
— Quoi ? s'écria-t-il effaré.
— Le vieux t'a payé ; il t'a payé pour partir à l'aube. Tu as accepté son argent !

Quand il saisit le sens de ces paroles, il pâlit et lâcha Virginie avec une telle soudaineté qu'elle chancela.

— C'est vrai, fit-il lentement ; il m'a payé et j'ai

pris son argent. Mais, s'écria-t-il, à ce moment-là, je ne savais pas.

Il fixait le vide devant lui et au-dessus de la tête de Virginie en murmurant avec effort :

— Je le lui ai promis !

Sa tête tomba lourdement sur l'épaule de la femme ; il enfonça son visage dans ses cheveux et dans sa chair, en gémissant. Puis il la reprit dans ses bras, la porta sur le lit et s'assit à côté d'elle en fermant les yeux. À tout instant, il la soulevait, pressait son corps contre le sien et la recouchait à nouveau.

Virginie était plus calme tant qu'il gardait ses yeux fermés. Elle repassa par la pensée les courts instants de leur intimité pour trouver que lui dire :

— Tu auras ton bateau, fit-elle enfin.

Il répondit après un long silence :

— Oui, j'aurai mon bateau !

Mais, un peu plus tard, il lui demanda :

— Ne m'as-tu pas dit que j'aurais mon bateau ?

Il la souleva un peu plus et la prit longuement dans ses bras ; puis il reprit :

— Et toi, qu'auras-tu ? Et toi ? Que va-t-il advenir de toi, mon amour ?

Virginie se tut.

— Il faut donc que je parte. Il faut que je rejoigne le navire, dit-il, paraissant écouter une voix, et il murmura :

« Un oiseau chante, les bougies sont consumées ; la nuit est finie, il faut partir. »

Mais il ne partit qu'un peu plus tard.

— Adieu, Virginie ! Tu t'appelles Virginie. Mon bateau portera ton nom. Je lui donnerai nos deux noms : Paul et Virginie. Nos deux noms se liront sur sa coque, quand il naviguera dans le Storstroem et la baie de Koege.

— Te souviendras-tu de moi ? dit Virginie.

— Oui, dit le marin, toujours ; pendant toute ma vie.

Et il se leva en répétant :

— Je penserai à toi pendant toute ma vie. Comment ne penserais-je pas à toi dans mon bateau. Je penserai à toi en étarquant la voile, et quand je lèverai l'ancre, et aussi quand je jetterai l'ancre. Je penserai à toi le matin, en entendant chanter les oiseaux. Je penserai à ton corps, à ton parfum. Jamais, je ne penserai à une autre fille, parce que tu es la plus belle fille du monde.

Elle l'accompagna jusqu'à la porte et lui entoura le cou de ses bras. Cette partie de la pièce, loin de la fenêtre, restait sombre. Et, tout à coup, Virginie s'entendit pleurer.

« Il me reste une minute », pensa-t-elle pendant qu'ils s'embrassaient, et elle dit :

— Regarde-moi, regarde-moi, Paul !

Il la contempla gravement.

— Rappelle-toi mon visage, dit-elle encore ; regarde-le bien et ne l'oublie pas. Rappelle-toi que j'ai dix-sept ans. Rappelle-toi que je n'ai jamais aimé que toi.

Il répondit :

— Je me souviendrai de tout. Je n'oublierai jamais ton visage.

Elle se cramponnait à lui, le visage levé vers celui du marin ; puis elle sentit qu'il se dégageait de ses bras :

— Il faut que je parte ! dit-il.

XV. LE COQUILLAGE

À l'aube de ce même jour, Elishama traversa l'allée sablée de Mr Clay et entra dans la maison, dans l'intention d'être à sa manière tranquille la conclusion, ou l'épilogue, de l'histoire. La table était encore mise dans la vaste salle à manger, et il restait un peu de vin au fond des verres ; les bougies s'étaient éteintes ; seule, une dernière petite flamme vacillait sur un chandelier. Mr Clay, lui aussi, se trouvait encore à sa place, dans son grand fauteuil garni de coussins. Ses pieds reposaient sur une chaise. Il ne s'était pas couché, attendant le matin, pour vider, au lever du soleil, la coupe de son triomphe. Mais la coupe du triomphe s'était avérée trop forte pour lui.

Elishama garda pendant un moment une immobilité aussi complète que celle du vieillard lui-même. Jusqu'à présent, il n'avait jamais vu dormir son maître et, à force d'entendre les plaintes et les lamentations de Mr Clay, il en avait conclu qu'il ne serait jamais témoin de son sommeil.

« Eh bien ! se dit-il, Mr Clay avait raison : il a trouvé le vrai remède efficace contre ses douleurs. La matérialisation d'une histoire est une expérience de nature à donner du repos aux gens. »

Les yeux pâles du vieillard étaient légèrement entrouverts ; sur ses lèvres minces grimaçait un léger sourire. Son visage était gris, comme les mains décharnées posées sur ses genoux. Sous les innombrables plis de sa robe de chambre, on s'imaginait difficilement un corps reliant cette tête et ces membres. Mais, ce matin-là, le personnage orgueilleux et inflexible, craint par des milliers de gens, avait l'air d'un pantin, dont celui qui tirait les ficelles les a brusquement lâchées.

Son serviteur, et confident s'assit sur une chaise, s'attendant à percevoir, comme d'ordinaire, le souffle haletant et gémissant du vieillard. Mais le plus complet silence régnait dans la pièce. Elishama récita, en son for intérieur, les paroles de Prospero :

La tristesse et les soupirs s'enfuiront.

Le jeune homme resta longtemps près de Mr Clay. Il réfléchissait aux événements de la nuit et à la condition humaine en général. « Qu'est-il arrivé, se demandait-il, aux trois personnes, qui, chacune pour leur part, ont joué leur rôle dans l'histoire de Mr Clay ? Auraient-elles pu ne pas jouer ce rôle ? »

« Il est dur, se disait-il comme il l'avait fait bien d'autres fois, il est dur pour des gens de tant désirer certaines choses qu'ils ne peuvent obtenir. D'ailleurs, il est dur également d'obtenir ce que l'on désire. »

Au bout d'un certain temps, Elishama se demanda s'il ne devait pas toucher le corps immobile en face de lui, afin de manifester par ce geste son intention de réveiller Mr Clay pour son triomphe, c'est-à-dire la fin de l'histoire. Mais, encore une fois, il résolut d'attendre un peu et d'observer d'abord par lui-même comment se présentait cette fin. Il sortit donc en silence de la pièce pour aller jusqu'à la porte de la chambre à coucher.

De l'intérieur partait un bruit de voix : deux personnes parlaient à la fois. Qu'était-il advenu à ces deux êtres au cours de la nuit, et que leur arrivait-il à présent ? N'auraient-elles pu se passer de cette aventure ? Quelqu'un pleurait dans la chambre, c'était une voix brisée, étouffée par les larmes, qui parvenait à Elishama. Celui-ci se souvint une fois de plus de la prophétie d'Esaïe :

> *De l'eau jaillira dans le désert,*
> *La terre brûlée deviendra un étang.*

Un peu plus tard, la porte s'ouvrit : deux êtres s'embrassèrent, se cramponnant l'un à l'autre sur le seuil. Puis ils se séparèrent; l'un rentra dans la pièce et disparut; l'autre sortit et ferma la porte derrière lui.

Le marin de la nuit précédente s'arrêta un instant près de cette porte close et regarda autour de lui, puis il s'en alla.

Elishama fit un pas en avant. Son loyalisme envers son maître exigeait qu'il reçût, des lèvres mêmes du jeune garçon, l'attestation de la victoire de Mr Clay. Le marin le regarda d'un air grave, et dit :

— Je vais rejoindre mon bateau, dites au vieux monsieur que je suis parti.

Elishama s'aperçut alors qu'il s'était trompé la veille au soir : ce garçon n'était pas aussi jeune qu'il l'avait cru. Mais peu importait, en somme. De longues années passeraient de toute façon avant qu'ayant atteint l'âge de Mr Clay, il fût paisiblement au repos dans son fauteuil. Pendant longtemps encore, il mènerait une vie hasardeuse, dépendant des caprices des éléments ou de ses propres caprices.

L'employé prit sur lui de régler les affaires de son maître :

— C'est vous maintenant qui pourrez raconter l'histoire.

— Quelle histoire?

— Toute l'histoire. Quand vous raconterez ce qui vous est arrivé, ce que vous avez vu et fait, depuis hier au soir jusqu'à ce matin, vous aurez raconté toute l'histoire. Vous êtes le seul marin du monde qui puisse la raconter honnêtement du commencement à la fin, dans tous ses détails ; telle qu'elle vous est réellement arrivée à vous-même.

Le marin considéra Elishama pendant un long moment sans rien dire ; enfin, il murmura :

— Ce qui m'est arrivé à moi, ce que j'ai vu et fait depuis hier soir jusqu'à présent ? et un peu après, il ajouta : Pourquoi appelez-vous cela une histoire ?

— Parce que vous-même avez entendu raconter cette histoire : l'histoire d'un marin qui aborde dans une grande ville. Il se promène dans une rue voisine du port, lorsqu'une voiture s'arrête près de lui : un vieux monsieur en descend et lui dit : « Vous êtes un marin de bonne mine ; vous plairait-il de gagner cinq guinées cette nuit ? »

Le jeune garçon ne fit pas un geste, mais Elishama voyait qu'il était capable de rassembler toutes ses forces d'une manière soudaine et imperceptible, et d'en faire usage avec une violence inouïe. La vie de quiconque l'outrageait ne valait plus cher. C'est ainsi qu'il avait effrayé Mr Clay, lors de leur première rencontre dans la rue ; c'est ainsi qu'il lui avait fait carrément peur, un peu plus tard, dans la salle à manger. Elishama, qui ne connaissait pas la peur, ne put se défendre d'une certaine émotion, et même il s'écarta un peu de cette créature gigantesque, non parce qu'elle l'effrayait, mais parce qu'il éprouvait pour elle cette étrange sympathie, cette sorte de compassion que lui avaient toujours inspirée les femmes, et les oiseaux. Mais il s'avéra que la gigantesque créature était une brute pacifique.

Après un court silence, le marin dit simplement :

— Cette histoire-là n'est pas du tout la mienne.

Et il poursuivit :

— Vous dites que je la raconterai. À qui faudrait-il que je la raconte ? Mais à qui ? Qui donc, en ce monde, me croirait, si je la raconte ?

Et toute sa force accumulée passa dans la dernière phrase.

— Je ne la raconterais pas pour cent fois cinq guinées.

Elishama ouvrit la porte de la maison à l'hôte qu'elle avait hébergé pendant la nuit. Au-dehors, les arbres et les fleurs de Mr Clay, trempés par la rosée, brillaient de fraîcheur à la lumière matinale, comme au premier jour de la création. Un des paons de Mr Clay se promenait sur la pelouse. Sa queue, qui traînait derrière lui, marquait l'herbe argentée d'un trait sombre, et il poussait son cri discordant. De très loin parvenaient les bruits de la ville en train de s'éveiller.

Les regards du marin tombèrent sur le baluchon, qu'il avait laissé, la veille, sur une des tables laquées de la véranda. Il le prit pour l'emporter, mais, se ravisant, il le reposa sur la table et dénoua la ficelle.

— Voulez-vous faire quelque chose pour moi ? demanda-t-il à Elishama.

— Oui ! répondit Elishama.

Le marin reprit :

— Je me suis trouvé, il y a longtemps, sur une île, dont la grève était couverte de milliers de coquillages. Quelques-uns étaient très beaux ; peut-être étaient-ils rares ? Peut-être n'y en avait-il de cette espèce que sur cette île ? J'en ramassais quelques-uns chaque jour, dans la matinée ; j'ai pris les plus beaux pour les rapporter chez moi, au Danemark. C'était tout ce que j'avais à rapporter chez moi.

Il répandit la collection de coquillages sur la table et les examina avec soin. Il finit par choisir un gros coquillage rose et brillant, qu'il tendit à Elishama :

— Je ne les lui donnerai pas tous, dit-il ; elle a tant de belles choses, et ne se soucierait pas de s'encombrer d'une masse de coquillages. Mais je crois que celui-ci est d'une espèce rare, et peut-être n'y en a-t-il pas un autre pareil à lui dans le monde entier.

Il promena lentement ses doigts sur le coquillage, et murmura :

— Il est doux et lisse comme un genou, et quand vous l'approchez de votre oreille, vous croyez l'entendre chanter. Voulez-vous le lui donner de ma part ? Et voulez-vous lui dire de l'approcher de son oreille ?

Il le tint contre sa propre oreille, et aussitôt son visage prit une expression attentive et paisible.

Elishama pensa qu'après tout il avait eu raison, la veille, de croire que le marin était très jeune.

— Oui, dit-il, je n'oublierai pas de le lui donner.

— Et vous rappellerez-vous de lui dire qu'elle doit l'approcher de son oreille?

— Oui, répéta Elishama.

— Merci et adieu! dit le marin, en tendant sa grande main à Elishama.

Il descendit les marches de la véranda, longea l'allée, son baluchon à la main, et disparut.

Elishama le suivit des yeux. Quand il ne le vit plus, il porta lui-même le coquillage à son oreille. Il entendit un bruit sourd et lointain, pareil au grondement des brisants, qu'on perçoit à une grande distance.

Le visage d'Elishama prit alors exactement l'expression de celui du marin quelques instants plus tôt. Une émotion étrange, à la fois douce et profonde, s'empara de lui, car il entendait résonner une voix nouvelle à la fois dans la maison et dans l'histoire.

— Je l'ai déjà entendue, cette voix, pensa-t-il, il y a bien, bien longtemps, mais où?

Et sa main retomba.

DÉCOUVREZ LES FOLIO À 2 €

ARAGON	*Le collaborateur* et autres nouvelles
TONINO BENACQUISTA	*La boîte noire* et autres nouvelles
KAREN BLIXEN	*L'éternelle histoire*
TRUMAN CAPOTE	*Cercueils sur mesure*
COLLECTIF	*« Ma chère Maman... ». De Baudelaire à Saint-Exupéry, des lettres d'écrivain*
JULIO CORTÁZAR	*L'homme à l'affût. À la mémoire de Charlie Parker*
DIDIER DAENINCKX	*Leurre de vérité* et autres nouvelles
ROALD DAHL	*L'invité*
F. S. FITZGERALD	*La Sorcière rousse*, précédé de *La coupe de cristal taillé*
JEAN GIONO	*Arcadie... Arcadie...*, précédé de *La pierre*
HENRY JAMES	*Daisy Miller*
FRANZ KAFKA	*Lettre au père*
JACK KEROUAC	*Le vagabond américain en voie de disparition*, précédé de *Grand voyage en Europe*
JOSEPH KESSEL	*Makhno et sa juive*
LAO SHE	*Histoire de ma vie*
LAO-TSEU	*Tao-tö king*
PIERRE MAGNAN	*L'Arbre*
IAN McEWAN	*Psychopolis* et autres nouvelles
YUKIO MISHIMA	*Dojoji* et autres nouvelles
RUTH RENDELL	*L'Arbousier*
PHILIP ROTH	*L'habit ne fait pas le moine*, précédé de *Défenseur de la foi*

D. A. F. DE SADE *Ernestine. Nouvelle suédoise*
LEONARDO SCIASCIA *Mort de l'Inquisiteur*
MICHEL TOURNIER *Lieux dits*
PAUL VERLAINE *Chansons pour elle* et autres poèmes érotiques

*Composition et impression Bussière
à Saint-Amand (Cher),
le 20 avril 2002.
Dépôt légal : avril 2002.
Numéro d'imprimeur : 21292.*
ISBN 2-07-042313-1./Imprimé en France.

10795